李煜词传

本是不归客，情深留风尘

飞雪情 著

中国出版集团 现代出版社

图书在版编目（CIP）数据

本是不归客，情深留风尘：李煜词传 / 飞雪情著. -- 北京：现代出版社, 2020.7

ISBN 978-7-5143-8724-7

Ⅰ. ①本… Ⅱ. ①飞… Ⅲ. ①李煜（937-978）-传记②李煜（937-978）-词(文学)-诗歌欣赏 Ⅳ. ①K827=432②I207.23

中国版本图书馆CIP数据核字（2020）第120588号

著　　者　飞雪情
责任编辑　杨学庆
出版发行　现代出版社
地　　址　北京市安定门外安华里504号
邮政编码　100011
电　　话　010-64267325 64245264（传真）
网　　址　www.1980xd.com
电子邮箱　xiandai@cnpitc.com.cn
印　　刷　三河市金泰源印务有限公司
开　　本　880mm × 1230mm 1/32
印　　张　7.5
字　　数　155千字
版次印次　2020年10月第1版　2021年9月第2次印刷
标准书号　ISBN 978-7-5143-8724-7
定　　价　39.80元

李煜

序：一醉千年

岁月匆匆，在历史浩瀚的长河之中，谁会摇着一船易逝的光阴，踏着历史的尘埃款款而来？能以诗人彼时同样的心境去品读他的情怀，采撷故纸堆中的芳香？

人生，是一场始料不及的相遇。那些错落在生命之中的相遇，总是匆匆地来，又匆匆地去，半生繁华，又半世风雨。

朝时雨晚来风，晨钟暮鼓，谁又是与你携手一生的人？是那采莲的女子，还是那婀娜的宫娥？或者只是一首沉淀着岁月的诗句，载着满腹的愁绪，一江春水向东流去。

“玲珑骰子安红豆，入骨相思知不知。”弹指流年，拂歌尘散，入骨的红豆，早已化作了诗人笔下的唐诗宋词，在历史的长河里静默地散发着耀眼的华光。

它是李之仪笔下的“我住长江头，君住长江尾。日日思君不见君，共饮长江水”。

它亦是秦观笔下的“纤云弄巧，飞星传恨，银汉迢迢暗度。

金风玉露一相逢，便胜却人间无数。柔情似水，佳期如梦，忍顾鹊桥归路。两情若是久长时，又岂在朝朝暮暮”。

谁为我执手天下，我为谁倾尽年华。情不知所起，一往而情深，怎奈何，如花美眷，终不敌，似水流年。

每个人都希望能从自己喜欢的那个人的世界路过，每个人心底或多或少都会有一场遥不可及的梦。那里埋葬着一段最美好的光阴，有欢愉，亦有烦恼。

那还是强说愁的年纪，满腹愁绪无人能懂，如李煜那般“冉冉秋光留不住……愁恨年年长相似”。

李煜，一代词宗，虽贵为南唐后主，却又沦为北宋的“违命侯”，明明无心于帝位，幻想“一壶酒，一竿身，快活如侬有几人”的逍遥快乐的生活。命运的轨迹却偏偏把他推到了一国之君的位置。

他的身体里沁满了诗词的风骨，他的眸子中融化了世间的万种风情，且一生仁懦，南唐朝臣钟谟曾坦言相告：“从嘉德轻志懦，又酷信释氏，非人主才。”

帝位于旁人来说是无上的至宝，于他来说却是一生的负累。他误了皇位，岂不知亦是皇位误了他。

那些细碎的时光，从美人的指缝之中匆匆流走，往日的青葱美好，奢靡喧嚣都如东逝水一般匆匆而逝，留下的仅有身为亡国之君的苦楚与辛酸。为了忘怀思乡的忧愁，他日日买醉，希望在醉梦之中可以梦回故国，再看看金陵城的“雕栏玉砌应犹在”“玉楼瑶殿影，空照秦淮”。

然“无言独上西楼，月如钩”“故国不堪回首月明中”“剪不断，理还乱，是离愁。别是一般滋味在心头”。

问君能有几多愁，恰似一江春水向东流。

他一生仁懦，既保不住家国故土，亦保护不了一生挚爱之人，因此，家国、爱人都随风飘零。他辜负了三千里江山，让南唐四十年大好河山终究成了梦一场。

江南故国终变成了他诗词之中的一行行血泪，一张张哀戚的面容，和一腔千疮百孔的忧伤，哪怕是时隔千年，再重温这场旧梦，仍能感受到他彻骨的悲凉与哀戚。

然而，这些昔日绚烂的春花，依然在岁月无情的摧残之下匆匆而逝，徒留下满腹的伤感，孤独地立在春风之中，伤春悲秋。

从曾经君临天下的君主，到今时人在屋檐下的囚徒，巨大的生命落差，带给李煜的是灵魂的拷问。

至此，在李煜的诗词之中，再也看不到曾经的缠绵与旖旎，再也闻不到那暗香浮动的春色，有的只是无尽的哀思，满腔的愁怨，以及对故土的追忆之情。

或许，他希望这些所有的离愁别绪、困苦不堪都能随着滚滚东去的流水而逝去，而这场旖旎的春风可以载着他，梦回故里，开怀畅饮。

在梦中，李煜依然是那个挥毫泼墨的白衣少年，他意气风发坐拥天下，与群臣对弈，拥天下美人入怀，在教坊之中与大周后、小周后一醉到天明，便是与宫中的白头宫女都有说不完的话。

那个时候尚没有战争，亦没有宋军围城，有的只是国泰民安，他尽可以安心入眠，坐等花开，尽数梧桐落叶，那一场梦啊！一醉千年。

是为序。

目 录

第一章　事与愿违宜泯泯

有时候我们脆弱得听到一句话就能泪流满面，有时候又发现自己已经坚强地咬着牙，独自走了很长的路……

第一节　红日已高三丈透

“纤云弄巧，飞星传恨，银汉迢迢暗度。金风玉露一相逢，便胜却人间无数。柔情似水，佳期如梦，忍顾鹊桥归路。两情若是久长时，又岂在朝朝暮暮。”秦观借牛郎织女七夕相会之事，来描写人世间的悲欢离合。

时光斗转星移，眼前的画面仿若回到了那年金陵的繁华之中，那人长身玉立，如芝兰玉树一般，着一袭白色的衣衫，轻抚垂在胸前的一缕黑发，痴吟着：“剪不断，理还乱，是离愁。别是一般滋味在心头。”

而他身后是纷飞的战火，是国破家亡的凄楚，是臣服于人下的苦楚，是身在异乡为异客的离愁，这些种种的无奈交织在一起形成了一幅瑰丽的历史画卷。

他时而是一代词宗，时而又是南唐后主，在这样截然不同的角色转换中，或许他自己都分不清，自己到底是诗人还是君王。

如若生命可以重来，或许他只想做个诗人，每日有红袖相伴，吟诗赏画，安然到老。但命运仿若与他开了一个玩笑，虽给了他倾世的才华，却也给了他一世的颠沛流离。

那一年正是七月，古城金陵梧桐飞絮，细雨沁润透了莫愁湖娇嫩的荷花，秦淮河像凝脂一样碧绿，悠悠淮水阅尽千年的兴衰。

金陵作为东南地区的政治、经济、军事和文化中心，此时已经是八街九陌，软红十丈，行人车马往来不绝。

南唐升元元年（937），李昪废黜杨溥，自立为帝，建立了南唐，并封李璟为吴王。

李璟，字伯玉，初名景通，南唐烈祖李昪的长子，母亲是元敬皇后宋氏。按照嫡长子继承制来说，生为李昪正妻宋氏所生，同时又是长子的李璟必定是日后南唐王朝名正言顺的继承者。

这一日是七月初七，是传统的七夕节，亦是乞巧节，吴王李璟府内灯火通明，王府中人因为一个漂亮的男婴降生而欢天喜地地忙碌着。

他就是吴王李璟的第六个儿子，也是后来的后主李煜。

吴王李璟自幼机敏聪慧，非常喜好读书，也多才多艺。他的词情感真挚，风格迥异，不用华丽词汇雕琢，亦能绽放华光溢彩，比如“小楼吹彻玉笙寒”就是流芳千古的佳句。

李煜便出生在这样一个身份显赫的富贵之家，打小便集万千宠爱于一身。他自幼饱读诗书，爱墨成痴。

我们不难从李煜身上看见李璟的影子，可见李璟对李煜的一生影响颇深。

当一个人的灵魂被诗文华丽的辞藻所注入的时候，他也就拥有了一双不一样的眼睛。诗人能通过诗句看到这世间最纯净的悲欢离合，亦能通过诗句表达自己心中那些不为人知的酸甜苦辣。

当李璟在诗词瑰丽的辞藻中畅游的时候，他发现这些有着严格平仄对仗要求的格律诗歌，太过刻板和约束，让他很难施展自己的才华。而那些供人传唱，可以谱曲歌唱的词，因其随意性让他产生了浓厚的兴趣。

虽然从广义上说，词属于中国古代诗词的一种，但词又与诗是截然不同的。词中所表达的洒脱与不羁，更易让人抒发心中的感怀，而词句的参差错落又是古体诗所欠缺的。

词，原本始于南梁，逐渐在唐代形成了气候，在五代十国的时候飞速发展了起来，到了宋朝的时候便已经达到了顶峰。

简单来说，词，就是当时的流行歌曲，通常喜欢文学之人亦会热爱音乐。而词在当时来说，就是文学与音乐的结合体。当时的贵族以此为乐，写完词之后马上谱曲，并让府中的歌姬表演传唱。

这些歌姬们舞动如清风拂柳一般的水袖，媚眼如丝，轻启朱唇缓缓吟唱，把女子独有之美融进了这些歌词里面，怎么不让聆听之人沉醉？

或许正是如此，李璟才会如痴如狂地热爱着这些可以谱曲演唱的词。而李璟这份狂热也在年幼的李煜心中种下了一颗种子，在日复一日的潜移默化当中，这些瑰丽的诗词逐渐融进了李煜的骨血，变成了一抹浓得化不开的墨香，伴随着李煜这位千古词帝走完了漫长又颠沛流离的一生。

> 红日已高三丈透，金炉次第添香兽。红锦地衣随步皱。
>
> 佳人舞点金钗溜，酒恶时拈花蕊嗅。别殿遥闻箫鼓奏。

火红的日头已经快升到最高处了，透过厚重的帘幕一直照进宫内，歌舞狂欢一直从昨夜延续到现在还没有结束。

窈窕的宫女们鱼贯而入，挨个把金炉中即将燃尽的檀香重新续上。这些宫女身姿柔美，莲步轻盈，是不会把铺在地面上的红色锦缎弄皱的。

场中美丽的舞者还在不知疲倦地酣舞，她脚步踉跄着，发髻上的金钗倾斜着也不自知，还在来回摆动着摇曳的舞步。

一定是昨夜的美酒让她贪杯，所以直到此时她还依然在沉醉，她借拈花一笑间想让自己清醒过来，但花香夹杂着酒香却越发地让她沉醉了起来。

瞧她脸颊绯红，垂眸嗅花时的面容真的是很美，就如贵妃醉酒时的情景一样美。

你看她虽然酒醉未醒，但还记挂着宫殿里隐隐传来的锦瑟和鸣声。此时，她正闭着眼睛静听这美妙的音乐声，让人都不敢大声喧哗，生怕把她从这份美好中惊醒过来。

这首《浣溪沙·红日已高三丈透》是李煜早期的作品，金炉香兽、红锦地衣、美酒佳人、笙歌燕舞，这首词中处处流露出身在帝王家的奢华迤逦的享乐生活。

红日已高，诗人不想着去上朝处理国家大事，却依然沉醉于歌舞未歇中。富丽堂皇的宫中依然轻歌曼舞，通宵达旦地享乐，这种淫靡荒唐的生活早已日积月累地沁入诗人的风骨里。

枕边美人香，口中美酒醇，笔尖描写着千古风流事，这世间才子皆多情，而眼前的一切想来是俗世众人毕生所追求的幸事。

而这些，李煜从一出生便轻易就得到了，他亦沉溺在这份浓稠的红尘之中不愿意清醒。

许是这份奢华太过于瑰丽，才让诗人沉醉于此，乐此不疲，以至于后来李煜成为亡国之君，阶下之囚，也皆是由此而来吧！

有许多人说，李煜对于继承帝位也许并非他所愿，如果可以选择的话，相信他更愿意做一个逍遥快乐的富家公子，每日与诗词美酒相伴，在佳人的盈盈一袖间安然度过一生，岂不美哉？

但身在帝王家，在享受了这世间极致的奢华的同时，也注定了要承担这样一份无法逃避的千斤重担。或许从登上帝位那一刻开始，便已经注定了他悲剧的一生吧！

倘若他只是那个流连在人间的富贵公子，才情绝世，如谪仙一般的玉树芝兰，一举一动都有着动人心魄的诱惑，微风掀起他轻尘未染的衣袂，猎猎作响，不曾开口便已经是一幅绝美的画卷。

这样之人，应值得拥有人间一段完美的千古佳话吧！

然，世事无常，谁又曾想，冥冥之中命运早已为他安排了吊诡的人生。它让一代词宗坐上了皇位，又让他变成了囚徒。

命运与他开了一个极大的玩笑，先让他尝尽了人间的富贵，再让他尝尽了人间的苦楚。许是只有这样，才不会让他白来人间一场。

“天教心愿与身违。”他心中所有的不愿，化作了笔尖下短短的一行字，这其间的辛酸苦楚又该与谁去诉说呢？

“天教心愿与身违。”此一句用在李煜其父吴王李璟身上亦如是。

那一日，正当唐烈祖李昪因为皇位继承人忧心不已的时候，忽然做了一个梦，在梦中他看到一条金色的巨龙一直飞到了大殿内。他感觉这个梦像在预示着什么，便着人前往大殿查看。

大殿里毫无异样，只有李昪的长子李璟聚精会神地仰望着大殿里的雕梁画栋。

也正是这样一个离奇又荒唐的梦境决定了李璟与李煜的命运，亦决定了南唐离奇的国运。

升元七年（943）李昪去世，太子李璟继位。这时的李煜离皇位遥不可及，所以他不用似其他皇子那般终日为了太子的宝座而忧心。

他得以无忧无虑地长大，在富贵优渥的环境中自由自在地畅游在丰富的书籍之中，寻找着他心中向往的文字王国。

李璟即位以后，对诗词依然拥有强烈的喜好，那些瑰丽的文字就似有魔力一般令他为之沉醉、着迷。

在诗词方面，李璟绝对是个才华横溢之人，在国事上却显得太过平庸与理想化。

因为自身热爱诗词的缘故，李璟特别重视那些有才华之人，所以他身边围绕的也都是有才华之人，哪怕有些人空有才名，实则德行亏损，他也不以为意。

也正因为此，这些宵小之辈对上曲意逢迎，对下横眉冷对，在朝中拉帮结派彼此倾轧，把好好一个朝堂闹得鸡犬不宁。

若是可以选择的话，李璟更愿意做他那个逍遥快活的吴王，终日与书香文字为伴，在诗词的海洋里寻找着自己的快乐。

想来李煜亦是如此，“天教心愿与身违”。然他们二人都有着相同的命运，谁也没有能力改变，只能随着历史的车轮不断向前，哪怕前面早已是一片腥风血雨。

虽然李璟并没有做亡国之君，但国家在他的管理之下早已风雨飘摇，危机四伏。

等李煜接过这千疮百孔的江山时，南唐这艘巨船已经向着灭亡的方向驶去了。

但“红日已高三丈透，金炉次第添香兽。红锦地衣随步皱。佳人舞点金钗溜……”这种奢靡的享乐已经融进了李煜的骨血里，让他甘之如饴，哪怕如饮鸩止渴也不以为意。

佳人在旁，美酒歌舞，锦衣玉食，管它什么“朱门酒肉臭，路有冻死骨”。今朝有酒，便今朝醉。

面对此情此景，李煜只觉得世事安好，如此便好。

第二节　浪花有意千里雪

习惯了一个人上路，把落寞留给身后的影子，让时光把它拉得很长，很长，一直通往记忆的深处，找寻那个总也无法忘怀的人。

心，就会变得很温暖。

慵懒的情绪，满足于眼前的宁静，脸上带着沉醉的笑容，看着一场华丽的剧目上演，又落幕。

终究不会贪恋沿途的风景，而放弃了旅行，踩着六月尾的小草，赶赴一场约定。

那里必定有一个吟着动人诗句的男子，站在车站的尽头，等我。

这万里江山在李璟眼中是一幅浓墨重彩的山水画，得以承载他满腹的文学梦。而李煜更是青出于蓝而胜于蓝，越发喜爱在文学的海洋里徜徉。

李煜在书香墨宝的熏陶下悠然长大，陌上人如玉，公子世无双，皇家特有的富贵气息在他周身萦绕。

杜甫在《饮中八仙歌》中写道："宗之潇洒美少年，举觞白眼望青天，皎如玉树临风前。"用来形容李煜一点也不为过。

"我有一壶酒，足以慰风尘。"这时的李煜不爱富贵，对人人垂涎的皇位也了无兴趣，他终日在书香里沉醉，幻想着有朝一日能做一位隐者，一竿纶，一壶酒，有红袖相伴，乘一叶扁舟，击节高歌，流连在大好的山水之中，岂不快哉？

只是生于皇家，在那滔天的富贵之下，还隐藏着多少的无可奈何，就连寻常人家轻易都能得到的自由与洒脱，对于李煜来说却是镜中花、水中月，仅能在梦中才能抵及。

李煜七岁那年，他的父亲李璟登基为帝，并更名为"李璟"。

随着"南唐君主"这个身份的变化，李煜与其他兄弟之间的那份情谊也发生了潜移默化的变化。

曾经的兄友弟恭如今早已变了模样，在他们貌合神离的外表之下，野心勃勃地觊觎着那高高在上的皇位。在权力与欲望的驱使之下勾心斗角，骨肉相残。

而这一切都是李煜不愿意看到的，可他身在一个巨大的旋涡之中，便是有意挣脱，也是无法自拔，只能无力地沉浮其中。

据说，李煜生来就带有帝王之相，奇骨贯顶、天庭饱满、地阁方圆等，最主要的一点就是他拥有"一目双瞳"，纵观历史之上，一共有八人拥有"一目双瞳"。

他们分别是仓颉、虞舜、重耳、项羽、吕光、高洋、鱼俱罗、李煜。

所谓的"一目双瞳"，其实就是一只眼睛里有两个瞳仁，从医学的角度来说，这原是瞳孔发生了粘连畸变造成的，但在古时候这可是天生帝王相的象征。

并且在李煜之前已经有了七个名扬天下的双瞳者，再加上他本就生在帝王家，在这样特别的身份背景之下，哪怕李煜再无意于皇位，也会被推到风口浪尖之上。

尤其李煜还有一个一直觊觎皇位、野心勃勃的哥哥李弘冀。尽管李煜一直都是一副无意于皇位的淡然模样，但"树欲静而风不止"，李弘冀一直都把李煜当成是皇位之争中最强劲的对手。

李煜知道哥哥猜忌他，排挤他，甚至不惜处处针对、打压于他，对于这些他只能苦涩地一笑。皇位之争也好，北宋的不断侵犯也罢，对于他来说都唯恐避之不及。

或许他心中比谁都清楚，若是论吟诗作赋他没有输过谁，但是论治理国家，还真不是他所能，他最想要的，就是一份简单平实的生活，去做自己喜欢做的事。

因此在种种压力之下，李煜写下了这样一首诗句，来表达和抒发心中的感慨。

其一

浪花有意千里雪，桃花无言一队春。一壶酒，一竿身，快活如侬有几人。

其二

一棹春风一叶舟，一纶茧缕一轻钩。花满渚，酒满瓯，万顷波中得自由。

明代的诗人杨慎在《临江仙·滚滚长江东逝水》中写道："白发渔樵江渚上，惯看秋月春风。"江面上漂泊的白发老渔翁，早已经习惯了四季不同的变化。

范仲淹也在《江上渔者》中这样写道："江上往来人，但爱鲈鱼美。君看一叶舟，出入风波里。"江面上来来往往的行人，只是喜爱鲈鱼鲜美的味道，却没有看到渔人乘坐的那一叶小舟，漂荡在滔滔的风浪里面。

李煜的这首词本是题于《春江钓叟图》画所作之词。据《南唐书·后主本纪》载："文献太子恶其有奇表，从嘉避祸，惟覃思经籍。"

由此，也有人认为，这首词是"后主为情势所迫，沈潜避祸，隐遁世尘并写词表露自己的遁世之心，以释文献太子的疑嫉"（蒲仁、梅龙：《南唐二主词全集》辑注），或许也有些道理。

这画中（《春江钓叟图》）的渔父趁着春江之水涨潮的时候，独自驾着一叶小舟，顺着风激流而下，小舟推开浪花急速地行驶着，浪花纷涌而起，扑面而来，就像是溅起了千堆雪一般。

瞧着眼前的情景，渔父心里乐开了怀，一壶酒，一竿身，瞧着两岸的花红柳绿纷至沓来，万般的烦恼都被抛却到了身后。在这世界之上，能像渔父这样活得自在快活的人恐怕不多了吧！

不为名利所累，所求无多，只要无风波之忧，便会有自然之乐。虽然生活清苦，可渔父却能在这份清苦之中找到属于自己的乐趣。他能放下一切，摆脱了世俗的牵绊，自由自在，又怎么不让人羡慕？

渔父划着一叶小舟，划着一支长桨，迎着春风在万顷波涛之中肆意地行走。

他时而拿起一根丝线放下一只轻钩，时而拿起一壶美酒，看着两岸沙洲之上的春花，怡然自得地品着壶中的美酒。

欧阳修在其晚年的时候自称“六一居士”，这“六一”分别是指：一万卷书、一千卷金石遗文、一张琴、一局棋、一壶酒、一老翁。

所以李煜这首词中所写的渔父，也可以称其为“六一渔父”。可惜这幅《春江钓叟图》早已遗失，我们也无法从画中再去寻觅这首词中所描写的意境，实为遗憾。

想来李煜这首词着重描写了渔父那种超脱世俗的洒脱，与怡然自得的快乐，想以此来告诉哥哥李弘冀，他想要的不过是像诗中渔父这般洒脱自在的生活，并无意皇位之争。

同时他又以表面平静，实则暗里波涛汹涌的江面来隐喻当前朝中的形势和自己所处的尴尬境地。

“渔父”的形象曾多次出现在古代文学著作中，如道家著作《庄子·渔父》《楚辞·渔父》，再到后来的陶渊明、唐代的柳宗元等笔下的仕途失意、人生苦闷的“渔父”形象等。

“渔父”其实已经是一个具有深厚文学含义的传统文学形象所在。

《楚辞·渔父》中的渔父形象可谓是影响深远的，屈原被流放以后“屈原既放，游于江潭，行吟泽畔，颜色憔悴，形容枯槁……”落魄的他这个时候在江边遇见了渔父，两人相谈甚欢。

屈原发出了“举世皆浊我独清，众人皆醉我独醒，是以见放”的心中愤懑。

而睿智的渔父莞尔一笑，以一句“沧浪之水浊兮，可以濯吾足”点醒了郁郁不得志的屈原。

所以“渔父”已经成了一种象征，他亦可以有各种的形象。而在生于皇家的李煜笔下，“渔父”只是一个快乐逍遥之人，不为生计所愁，不贪图名利、富贵，只求一份怡然自得。

当然，李煜并非真的想去做什么渔父，之所以写下这样的诗词，也仅是被形势所逼迫来高调彰显自己的归隐之心。

虽然李煜是李璟的第六个儿子，但他的四位长兄接连早逝，等到他成年之时，实则已经是皇次子的身份了。再加上他天生帝王之相，又怎能不让李弘冀忌惮万分。

李弘冀为了争夺皇位甚至不惜毒死自己的叔叔李景遂。对于这一切，李煜自然是心知肚明的。他本无意于皇位，却又没有能力从这泥淖里挣脱出来。

面对大哥咄咄逼人的野心，他给自己起名“钟隐”“莲峰居士”“钟峰白莲居士”来表明自己无意争储的心思。

对于《渔父》这两首词，王国维先生曾经提出过质疑，认为它可能并非出自李煜之手。但《全唐诗·南唐诸人诗》《宣和画谱》等典籍中都曾有过这样的记载，称李煜把这两首词题在了《春江钓叟图》上。

这首词虽然与李煜其他诗词作品风格迥异，但我却执拗地认为，这首词中所描述的情景，正是李煜心中所想。他渴望像画中渔父这般不为名利地位所累，活得轻松自在，肆意快活。把什么权力、地位的宫廷之争统统抛诸脑后，从一波一波的争斗和算计之中彻底解脱出来，安静地做一个文人雅士，免遭李弘冀的迫害。

虽然李煜本无心皇位，但命运仿佛跟他开了一个大玩笑，随着李弘冀的病逝，他变成了皇位的继承者，被意外地立为了储君。真是“有心插花花不开，无心插柳柳成荫”，他稀里糊涂地登基做了皇上，又稀里糊涂地做了亡国俘虏，哪一样又是能按照他所愿的？

“一万卷书、一千卷金石遗文、一张琴、一局棋、一壶酒、一老翁。”欧阳修晚年时的所愿，怕正是包括李煜在内的诸多文人心中所向往的吧！

只可惜这样的所愿对于生在皇家的李煜而言，永远只能是镜中花、水中月，是个连梦想都无法企及之处。

第三节　愁恨年年长相似

一个人的冬天，仿佛格外寒冷，每当黑夜来临的时候，孤单和恐惧就会如影随形，肆意侵入，让寂寥的心底更加冷清。

拖着沉重的行李箱，一步步远离这座陌生的城市，人群在喧闹，列车在疾驰，而一颗游子的心却归心似箭。

李清照说："佳节又重阳，玉枕纱厨，半夜凉初透。东篱把酒黄昏后，有暗香盈袖。莫道不销魂，帘卷西风，人比黄花瘦！"

王勃亦说："九月九日望乡台，他席他乡送客杯。人情已厌南中苦，鸿雁那从北地来。"

又是一年重阳佳节，想起以前一大家人在藕香榭宴饮欢笑的旧时情景，再瞧瞧如今形单影只，就算勉强坐上皇位，李煜心中怕也是郁郁寡欢的吧！

在太子李弘冀病逝之后，李璟就面临着重新考虑继承人的问题了，李煜向来温和乖巧，又心怀仁善，最主要的是他还有很深的文学造诣。

对于同样对文学如痴如醉的李璟来说，李煜的这些品行都与李璟心中所想甚为接近，便暗自决定把李煜作为皇位的继承人了。但在正式确立之前还是要走走形式，把大臣们召集在一起商议一下的。

一般聪明的臣子都会顺水推舟夸赞君主的英明决断，但偏有些直言不讳的大臣，如钟谟之类的就会站出来坦言相告："从嘉德轻志懦，又酷信释氏，非人主才。从善果敢凝重，宜为嗣。"

这句话的意思是说李从嘉（李煜）德才不足，又意志不坚比较懦弱，笃信佛教，并不适合当皇帝。反之李从善（李璟的第七子）果敢稳重，更适合当太子。

这不只是李煜给钟谟的印象，事实上李煜给很多人都是这种感觉。李弘冀曾经给李煜施加了很大的压力，让他从心里对皇权产生了恐惧与敬畏，因此他才把满腹的心思都投入到文学创作中去。

李煜出生在一个信奉佛教的帝王之家。李煜的祖父李昪、父亲李璟皆崇奉佛教。再加上他宅心仁厚，因此越发笃信佛教。"喜耽佛学，世味澹如"已表明了李煜的心迹。他曾说："我平生喜耽佛学，其于世味澹如也。"（《钓矶立谈》）

李煜生性儒雅懦弱、多愁善感，再加上他打小便经历宫廷倾轧，看惯了面对权势兄弟反目相残，这都让他厌倦不已。

李煜笃信佛教，面对皇权的争夺让他有一种想要遁入空门去避世的心情。但命运同他开了一个大大的玩笑，偏让他生在帝王家。

总体来说，李煜的各方面着实不符合一个皇帝的要求。因此李谟认为“从善果敢凝重，宜为嗣”。

李从善是李璟的第七子，也是李煜的胞弟。受到家族文化氛围的影响，他亦是一位才华横溢之人，比如这首《蔷薇诗一首十八韵，呈东海侍郎徐铉》就是他的作品：

绿影覆幽池，芳菲四月时。管弦朝夕兴，组绣百千枝。

盛引墙看遍，高烦架屡移。露轻濡彩笔，蜂误拂吟髭。

日照玲珑幔，风摇翡翠帷。早红飘藓地，狂蔓挂蛛丝。

嫩刺牵衣细，新条窣草垂。晚香难暂舍，娇自态相窥。

深浅分前后，荣华互盛衰。尊前留客久，月下欲归迟。

何处繁临砌，谁家密映篱。绛罗房灿烂，碧玉叶参差。

分得殷勤种，开来远近知。晶荧歌袖袂，柔弱舞腰支。

膏麝谁将比，庭萱自合嗤。匀妆低水鉴，泣泪滴烟霏。

画拟凭梁广，名宜亚楚姬。寄君十八韵，思拙愧新奇。

只是因为李从善有个千古词帝的哥哥李煜在前，倒让人忽视了他的才华。

李从善不但文采出众，为人果敢，尤喜武功，与李煜的儒雅懦弱，终日沉迷诗词歌舞不同的是，他有满腔的抱负，很想有一番作为。

昔日太子李弘冀在位之时因为猜忌心强，他只能按捺住这份对皇位的觊觎之心。但在李弘冀去世以后，他的这份心思又活络了起来，还四处联络大臣向李璟力荐自己。

若是论起当皇帝的综合素质，李从善自是要比李煜适合一些。若是李从善当了皇上，也许后来的一系列悲剧就不会发生了。

然而嫡长子的继承制度是当时根深蒂固的思想，再加上李璟本身打心眼里就中意李煜，因此李璟听了钟谟的提议后勃然大怒，找了个借口把他贬为国子司业，流放到饶州去了。

也许李璟贬钟谟并非单纯是因为他的提议，而是因为他想立李煜为太子，自然要为他铺平通往太子之路，清理掉途中的绊脚石。李璟得知李从善亦有争储之心又怎会不对他有所防备。

自古以来，皇子争储的斗争都是非常残酷的，从三国时期曹丕对兄弟痛下杀手，到唐朝的玄武门兄弟相残，再加上清朝的九子夺嫡。为了争夺皇位，这些皇家亲兄弟之间反目成仇，互相算计，有的甚至弑父夺位，引发了多少触目惊心的悲剧。

李璟也深知这一点，因此他才会对这个心地良善、才华横溢又无甚野心的李煜宠爱有加。

李煜与其他野心勃勃的皇子却又不同，他天性仁厚，对那个高高在上的皇位并未有觊觎之心。在面对太子李弘冀的猜忌与排挤之时，他亦能通过诗句来表达自己寄情于文学、山水之心。在面对李从善觊觎皇位之心的时候，亦能以一颗宽容之心原谅李从善，并且还封他做了郑王，恩遇有加。

李煜对待几个弟弟，亦是体贴关怀，并未像李弘冀那般猜忌与打压。

这也许就是昔日李璟中意李煜的一个重要因素吧！因为仁善，所以等到坐上皇位的时候才不会手足相残，酿成一幕又一幕的人间悲剧。

961 年，李璟迁都南昌，并且册立李煜为太子监国，并让李煜留在了金陵。同年 6 月，李璟死后，李煜在金陵登基。

李煜在登基后，这个皇帝做得并不是很轻松，事实上，在李煜继位的前一年，李璟就因为国势衰危而对宋朝称臣，并且减制纳贡。因此在宋朝的虎视眈眈下，南唐早已是风雨飘摇。

面对这样的压力，李煜连玩乐的兴致都提不起来了，就连他最热爱的教坊歌舞都接连停了数日。大臣们见他终日郁郁寡欢，便提议在重阳佳节的时候罢朝一日，登高赏菊，与民同乐。

秋日赏菊原本是李煜热衷之事，但弟弟李从善尚在北宋作为人质，如今也不知道怎么样了。分别两地，两心相悬，原本这件事情就像一根刺一样藏在李煜的心中，“独在异乡为异客，每逢佳节倍思亲”，忆起这位胞弟，李煜越发地痛彻心扉。

因此他便挥笔写下了这样的诗句：

冉冉秋光留不住，满阶红叶暮。
又是过重阳，台榭登临处，茱萸香坠。
紫菊气，飘庭户，晚烟笼细雨。
雍雍新雁咽寒声，愁恨年年长相似。

重阳节，每年的农历九月初九，是中国的传统节日。“重阳”的名称由来，是从《易经》中的“阳爻为九”演变而来的。古时人们有登高祭祖、赏菊、佩插茱萸、拜神祭祖及饮宴祈寿的习俗。

时光悄悄地流逝，秋天的时光已经留不住了，满阶都是飘落的枯叶。又是一年重阳节，登高望远，握着手中装有香料的坠子不禁又想起了从前他与李从善兄弟相携一起登高赏菊、吟诗作赋、饮酒唱和时的情形。

如今又是重阳，他还有小周后温香软玉地陪伴在身边，还有众多朝臣争相抚慰，而弟弟李从善远在汴京城中，可有人为他插上茱萸？如今他孤身在那虎狼之地，便是有满腹的思乡情切也是无处诉说吧！

秋霜染红的枫叶，飘零在长长的阶梯之上，就像一个独行的旅人一般，在这斑驳不堪的台阶上休憩。同样的秋天，因为少了李从善的陪伴，便没有了以往的欢愉与惬意，美好的事物就像这美好的秋日时光一般，总是偷偷溜走。

烟色迷蒙，雨雾凄楚，昏暗的天空之中，即将远行的鸿雁哀声遍地。不知道鸿雁能否将诗人的思念捎去遥远的北宋呢？但鸿雁又如何能明了他这满腹的愁绪。

红叶、茱萸、菊花、烟雨、大雁无不加重了诗人重阳登高少一人的凄凉心情。

李煜伫立在这片凄风苦雨之中，凝视着逐渐远去的大雁，那一段旧愁尚未排解，如今更是又添了一份新愁呵！

李煜是非常重感情之人，他珍惜身边的每一份亲情。李从善入汴京为人质，他日思夜想。另外一位弟弟李从镒去往封地之时，他也亲自前去送行，并为他写下一首词。

送邓王二十弟从益牧宣城

且维轻舸更迟迟，别酒重倾惜解携。
浩浪侵愁光荡漾，乱山凝恨色高低。
君驰桧楫情何极，我凭阑干日向西。
咫尺烟江几多地，不须怀抱重凄凄。

同时还专门写下一篇文交代弟弟，如何生活，如何为官。俗话说，长兄为父，李煜这些殷殷送别之情，就像寻常人家亲厚的兄长一般，哪里有半分帝王高高在上，不可逾越的模样。

李煜终其一生都以亲情为重，他想尽自己所能保护这些兄弟的周全。在亲情里他是一位称职的兄长，可他却终究不明白，“覆巢之下无完卵”的道理，没有国又哪有家？

真正的爱应是自己不断地强大，然后带领着国家一同强大，只有兵强马壮、国泰民安之时，他才有资格去守护这份亲情。否则只能亲手把弟弟李从善送去那样的虎狼之地受苦。

他亦只能在这样一个特殊的日子里，登高望远，痛苦地思念身在远方的亲人，终其一生再也不能团聚。

第四节　向人微露丁香颗

有一个词，我从不愿意提及，它的名字叫——遗忘。

不管多么美丽的相遇和相知，最后都会在时间的尘埃里被人深深地遗忘。

就像一朵开在春风里的花，初始人们皆赞扬它的美丽，只是转身便遗忘了它凋零时的孤寂。

当时间镂空了记忆，那些以为总也忘不掉的心事，其实早已随着风散落在天涯。

那个人，那段往事，都变成了回忆，只适合在深夜独自翻阅。

954 年，李璟将三朝重臣周宗的长女——周蔷，小名娥皇选作李煜的嫡妻，也就是史上后来所称的“大周后”。

这门亲事对于李煜来说无疑是极好的了，二人成婚以后有了三朝重臣周宗的辅佐，日后他的皇位才能坐得更安稳。想来李璟之所以选中周家女亦是有此考量。

周宗教女有方，其女知书达理，据说是一个国色天香的大美女，有很多南唐史书都有记载说她“有国色”。不仅如此，她还很有才华，多才多艺。史书上曾有记载说她“通书史，善音律、尤工琵琶”。她曾经在中主李璟的生日宴上弹奏琵琶，得到了李璟极高的夸赞，并赏赐给她一把名为“焦桐”的琵琶名琴。

而李煜又精通诗词、音律、书法，与大周后相得益彰，因此二人婚后因为诸多的相似爱好，志趣相投而感情极好。

李煜赋了新词，娥皇便为他谱曲，在花前月下为他弹奏琵琶，一时兴起的时候还会起舞弄清影，那样婀娜多姿、国色天香的姿容，让李煜沉醉不已。

所以说登位之初，李煜还是度过了一段非常欢愉的时光的。那时，有娇妻在侧，琴瑟笙箫夜夜不停，这与他心中所期待的生活还是比较接近的。

李煜本是个浪漫派的诗人，又生性风流，若是放在今日，他定然会记住所有的节日，不定时地为娇妻奉上礼物，再写首情诗，以讨她的欢心。

李煜此时所写的情诗，又与其他诗词有所不同，字里行间都流露出浓浓的幸福与甜蜜，他为娥皇写了很多诗词，本人却尤喜这一首浓甜似蜜一般的诗句。

晓妆初过，沉檀轻注些儿个。
向人微露丁香颗，一曲清歌，暂引樱桃破。
罗袖裛残殷色可，杯深旋被香醪涴。

绣床斜凭娇无那，烂嚼红茸，笑向檀郎唾。

粗理晓妆，淡扫蛾眉，朱唇一点惹人痴，香腮入鬓，人面桃花相映红。佳人含笑盈盈而立，尚未歌唱便先露出一尖如花蕊般的舌尖。樱桃小口微启，便有一缕如婉转莺啼一般的清歌响了起来。

丝制的衣袖上的香气即将消失殆尽，那一抹深红的颜色亦只是隐约可见了。酒杯斟得很满，在场之人都有微醺的醉意了，又或者是酒不醉人人自醉，如此欢愉的时刻又哪里会在意污湿罗衣。

佳人倚靠在铺着织绣的床头上，那娇娜无比、懵懂微憨的模样更是引人沉醉不已。佳人笑嚼着手中红线，顽皮地向情郎唾个不停。

一斛珠，词牌名。

那一年，唐玄宗在花萼楼宴请外使，在使臣进献的礼品中，有一斛珍珠，唐明皇心中喜爱不已。但贵妃善妒，唐明皇只得派人悄悄给梅妃送去。

然，梅妃喜梅，亦有梅的气节，温柔婉约，高雅娴静。

一斛珠，一斛为十斗，极言其多。

梅妃瞧见唐玄宗送来的珍珠，并不为所动。

她心中所想、所念的从来都不是荣华富贵，她所求的不过是两人间十年的恩情。

如今那人已另觅新欢，只余她空守着偌大的冷宫，泪洒长夜，又岂是一斛珍珠可以温暖的？因此心中更加悲戚。

她命人把珍珠退还给唐玄宗，并赠诗一首：

柳叶双眉久不描，残妆和泪污红绡。
长门尽日无梳洗，何必珍珠慰寂寥。

心仪之人许久都不曾前来，为此连梳妆打扮都没有心思了。脸上的残妆和泪水混合在一起打湿了红绡，亦无法挽回良人的心，空守着一座冷宫，还要这些珍珠有什么用呢？它们岂能慰藉心中的寂寥。

唐玄宗读到此诗时，忆起往昔与梅妃在一起的时光，惆怅不已。为了缓解心头的思念，他命人为梅妃的这首诗词谱曲，并命名为《一斛珠》，这也是这首词牌的由来。

“晓妆初过，沉檀轻注些儿个。”早晨起床刚刚梳妆完毕，在朱唇之上轻点沉檀，越发映衬得姿容绝佳。

秦观曾在《南歌子》里写道：“香墨弯弯画，燕脂淡淡匀。揉蓝衫子杏黄裙，独倚玉阑无语点檀唇。”张泌在《生查子》里亦写道：“相见稀，喜相见，相见还相远。檀画荔支红，金蔓蜻蜓软。”此处都是以檀注唇的意思。

“向人微露丁香颗，一曲清歌，暂引樱桃破。”佳人面带得意的神情，还未开口歌唱，便先露出一尖似丁香一般的舌尖，一曲清脆响亮的歌声，便从佳人微启的樱桃小口之中响了起来。

白居易曾经为歌姬樊素和小蛮写过这样的诗句：“樱桃樊素口，杨柳小蛮腰。”这亦是樱桃小口和杨柳蛮腰的由来。

“罗袖裛残殷色可，杯深旋被香醪涴。绣床斜凭娇无那，烂嚼红茸，笑向檀郎唾。”寥寥几句便把女子醉酒后娇憨可爱的形象描写得淋漓尽致。

然而这幸福欢愉的日子并不长久。大周后有个妹妹，也就是后来的小周后，比她小十四岁。有一次大周后生病，小周后前来探望她，当小周后与李煜初见之后，两个人竟互生了情愫。李煜因此还为小周后写下《菩萨蛮》来描述他们之间的爱情故事。

这个时候，大周后本就体弱多病，加上她与李煜最钟爱的小儿子四岁的仲宣也得疾病死去了，这让大周后越发病得厉害，也就在大周后病重期间，她得知李煜和小周后的事情以后，身体更是每况愈下。虽然李煜尽心照顾她，还是没有办法挽留她逐渐逝去的生命。

病危之际，大周后把自己心爱的琵琶和臂上一直佩戴的玉环赠与李煜留作纪念，又亲手写了要求薄葬的遗书，于乾德二年十二月去世，年仅二十九岁。

李煜痛失爱子、爱妻自是悲痛万分，在大周后的葬礼上他形销骨立，悲痛欲绝只能拄着拐杖行走。他为大周后写下长篇的诔文以此来纪念她，言辞哀伤、悲戚感人，在这篇文章后面，他署名“鳏夫煜”，直到很多年后，依然对大周后念念不忘。

想来大周后病逝以后，李煜当是在深深的自责之中泪湿长夜吧！终是他负了大周后的满腔深情，人亦只有在彻底失去之时才会幡然醒悟，可那时已是悔之晚矣。

想来若是有的选择，大周后宁愿不要李煜这些后来的哀悼心痛，她更想要的是在她活着的时候好好陪伴吧！

但爱情之于君王来说，永远只是锦上添花，他们心中的爱被分成了很多份，只有极少一部分才会分给后宫的女子。

可是后宫之中又有佳丽三千，谁又能真的长久地集万千宠爱于一身呢？

就像弘历一直护着如懿，爱着她，不管遇到什么样的陷害与误解，少年弘历都无条件地站在她这边，为她遮风挡雨。

但随着时间的流逝，帝王那种自私、多疑、敏感渐渐地不再相信任何人的性格也渐渐出现在弘历身上。他亦不再相信如懿经历了这么多事，还能保持一颗初心义无反顾地爱着他。

因此他与如懿在经历了一次又一次的怀疑与伤害之后，终以如懿的断发而无法挽回。

一个女人要有多伤心和绝望，才会一点点把种在自己心里几十年的那个男人拔除？那种痛苦与不堪需要用多少个漫漫长夜的泪洒衣襟才能忘记？要有多勇敢才会彻底放下那个自己爱了一辈子的男人？

如果时光能一直停留在她与他初相识的那一日该有多好！

那时，李煜还是那个满腹经纶风流倜傥的少年郎，初遇大周后的时候便对她一见倾心。

第五节　欲寻陈迹怅人非

妙善上师说：“因由人种，果则由天定，人可以选择做一件事，或者不做，但结果必须自己承受，想躲都躲不了。”

但命运造化，天意弄人又另当别论。

乐天知命，安于自己的处境，或者由命运来安排。相信李煜的命运一定就是后者了。

李煜跌宕起伏的一生，用这首《浣溪沙·转烛飘蓬一梦归》，或者用“天教心愿与身违”这句话来概括，可能便是他所有的心声了。天教心愿与事与愿违的无奈，是李煜对生命无常的感慨。可是这世间又有几人能把命运真正掌握在手中呢？

若是能够选择，谁不希望这一生能按照自己心中所想的活法，与心爱之人相守着平安到老。

唐代诗人杜甫在《佳人》一诗中写道：“世情恶衰歇，万事随转烛。”元朝诗人姚燧在《感皇恩》中亦写道：“三年转烛，君去岂无人至。”

“转烛”本是风吹烛火的意思，在这里比喻世事变幻莫测，飘摇不定的意思。

李煜本来只想像画中的渔父一般，活得肆意快活。与父亲、兄弟一起写词唱和；与歌女、舞姬一起深醉到天明；与大周后一起复原《霓裳羽衣曲》，携手赏梅；再与小周后画堂幽会，写几首香艳的小诗。更多的时候把自己关在书房里，在诗情画意的海洋里遨游，管他国仇家恨如何。他只管活在自己的世界里，在自己的世界里为王就好。

他乐得享受众多女子对他的崇拜、仰慕之情，更加喜欢这个身份带给他的书香与富贵，但其他事却并非他生命所能承受之重。因此他宁愿偏安一隅，继续过他的奢华荒唐梦。

直到兵临城下，国破家亡。他所编织出来自欺欺人的国泰民安，就在顷刻间土崩瓦解，而他也陡然从富贵公子变成了阶下囚，遍尝人间冷暖，直至为此送了性命。

转烛飘蓬一梦归，欲寻陈迹怅人非。天教心愿与身违。

待月池台空逝水，荫花楼阁漫斜晖，登临不惜更沾衣。

这世间之事变幻莫测，就像被风摇动的烛火一般飘忽不定，又像那漂流的浮萍一般最终只是美梦一场。想要寻找那些逝去的过往，却发现早已是物是人非事事休，又能到哪里去寻找呢？这许就是天意吧！梦想总是遥不可及，而现实却又并非自己所愿。但命运如此安排，我们又能怎么办呢？

站在池塘边，看着无情的东流水自顾自地流淌，就算是落花有意，这流水依然无情。傍晚的阳光斜射在高大的亭榭之上，它的荫凉遮住了花草树木。

金色的夕阳在眼底洒下余晖，我登高远望，再也听不见往昔那些熟悉的声音，再也望不见日思夜想的故国山河。虽然同样的晚景，但因为所处的环境不同，这晚景连带着都凄凉无比，夕阳无限好，只是近黄昏啊！这多么像我的人生啊！

这番触景生情让我忍不住泪流满面，任凭泪水冲破睫毛做的栅栏肆意沾湿衣襟，既是如此，那便让它痛快地流个够吧！就当是对那些往昔时光的缅怀吧。

无论是风吹烛火还是飘蓬无根，它们都无法主宰自己的命运，只能随波逐流，任人宰割。这一切都仿若美梦一场，既然人生若梦，但愿这场美梦永远不要醒来。

亡国后的李煜被囚禁在汴京之中，江南故土成了永远也回不去的故乡，也许只能在那样的美梦之中，才能重温那场旧梦吧！只是故土难归，斯人已逝，这一切早已是物是人非。再去怀念那些旧梦，不过是徒增愁怨罢了！

此时的李煜感觉人生就如飘蓬一般，茫然失措。他的一生就像被一双翻云覆雨的手掌控着，从浮华到幻灭也不过一夕之间。回忆过去的种种，有多少是他心怀所愿的，又有多少是事与愿违的，这胸中的苦闷与失落几乎把他压垮，就算把所有的事情都归咎于“天教心愿与身违”又如何？不过又是一次自欺欺人的逃避罢了！

就像他与大周后最珍爱的幼子仲宣的早夭一般，他与大周后明明在他身上倾注了那么多的心血和期望，可他就那样毫无预兆地便离去了。

仲宣自幼聪慧机敏，三岁的时候便能一字不差地背诵《孝经》，除此之外，他能牢记所有的繁文缛节，就算和朝中大臣应对也能谈吐得体，尊卑有度。

原本按照宫廷内部的规矩，皇子出生后应选专管的宫人负责照顾，但大周后顾念仲宣身体孱弱，一直把他留在身边亲自教导。

961 年，大周后身染重病，无奈之下只能让仲宣移居别处，分拨了专门的宫人负责照料。可是一次他在佛像前玩耍的时候，一只猫踩翻了宫殿墙顶之上的琉璃灯盏，这灯盏坠地之时发出巨大的响声。而仲宣受到了惊吓，几日后竟然就此夭折了，此时他年仅四岁。

重病之中的大周后骤然听闻爱子逝去，越发加重了她的病情，不多久，竟也随着去了。

短短的时间，李煜便经历了丧子之痛、丧妻之痛、国破家亡之痛，如此多的苦楚加在一起，让一直生活在平顺之中的李煜几欲无法面对，却又不得不去面对。

想来那些在异国他乡为阶下囚的日子，定然会让他对过去沉迷酒色、荒废国事的荒唐行为悔恨不已吧？

登基之初，他也曾想过要当一个励精图治的好皇帝，让国泰民安。所以那时对于大臣的劝诫，他亦是能听进去的。为此他还在大臣张佖的奏章上批示：“朕必善初而思忠，卿无今直而后佞。”后来还重用张佖，把他提拔为监察御史。

可惜，他对江山社稷的热情远远低于自己对诗词歌赋、歌舞美酒的狂热，很快便把自己的承诺抛到脑后去了，复又终日沉迷到后宫的寻欢作乐中去了。后有内史舍人潘佑和户部侍郎李平多番对他进行劝说。但忠言逆耳，外加奸佞小人的挑拨，李煜盛怒之下竟将此二人下狱诛杀。

李煜自打即位以来，对北宋处处逢迎，不仅除去尊号，还降低仪制，希望以自降身份来换取偏居一隅的安宁。

名将林仁肇忧国忧民，曾私下向李煜进言：“淮南兵力很弱，宋国又连年用兵，先后平定西蜀、荆湖、岭南，千里奔波，士卒劳累，这正是可乘之机。陛下只要给臣数万兵马，臣就能夺取淮南。”

谁知李煜听后惊慌地道：“你千万不要胡说，这会连累到国家的。”

林仁肇知晓李煜的担忧，便对李煜说道：“陛下可以对外宣称臣起兵反叛，那么臣若成功，归国家所有，臣若兵败，陛下便灭我满门，以此表示陛下并不知情。”

然优柔寡断的李煜依然拒绝了林仁肇的提议，甚至不久之后还找了个理由把他任命为南都（今江西南昌）留守、南昌尹。

宋太祖把林仁肇视为心腹大患，便用反间计让李煜杀死了林仁肇。至此，李煜亲手斩杀了南唐最后一道守卫的屏障。

难怪吏部侍郎、翰林院学士陈乔得知林仁肇被杀之后曾说：

“国家到了如此地步，还要杀害忠臣，真不知道我最终会死在什么地方。”

李煜诛杀忠良，妄信奸佞小人之言，不肯听讽纳谏，想来必定会走向亡国之路。如果李弘冀没有病逝，李煜依然做他的逍遥富贵公子，或许南唐也不会如此快速就灭亡。

纵观李煜的一生，仿佛除了仁厚以外，不见任何一点对江山社稷有帮助的品格。可见《浣溪沙·转烛飘蓬一梦归》中这一句“天教心愿与身违”真实地表达了李煜并不愿意做君王的心意。

又或许他并不是不愿意为君，他只是贪图君王至高无上的权力，和后宫佳丽三千的逍遥快活，并不愿意把有限的时间浪费在枯燥的朝堂之事上罢了。

若非如此，他大可以把君主之位禅让给有能力管理国家之人，自己继续去做他的逍遥王爷岂不快哉？

李煜痴迷于佛法，可他不曾参透“贪嗔痴恨爱恶欲”七苦，终日沉迷于七罪之中，又如何能修得一个圆满的结果。

如果德不配位，便是站在那至高无上的权力巅峰，带来的也不是享受不尽的荣华富贵，而是永无止境的苦痛与折磨。

当他在江南的温柔乡中纵情享乐之时，断然不会想到日后他被囚在汴京，远离江南，成为阶下之囚的万般苦楚。若是早知余生是在如此的苦痛之中度过，或许今日他便不会如此荒唐地度过了吧！

“国破山河在，城春草木深。感时花溅泪，恨别鸟惊心。”终是让北宋巨大的亭台楼榭遮住了江南旖旎的风光，就算登高望远，也只能望见清风流云赶苍狗。

故乡终于成了梦境之中才能回去之处。念起“故乡”二字，他便感觉泪沾衣襟，既是如此，便哭个痛快吧！仅当去缅怀那一段肆意妄为的青春旧事吧！

第六节　看花莫待花枝老

“独坐幽篁里，弹琴复长啸。深林人不知，明月来相照。”王维在诗中说：“独自坐在幽静的竹林中，一边弹着琴一边高声唱和。没有人知道我在竹林深处，便也不用顾忌人们用世俗的眼光来看我，这里的世界只属于我，只有明月静静地陪伴着我。”想来在李煜心中亦是期待有这么一片净土吧！那里就像世外桃源一般，只有他想过的生活，远离战乱和朝堂。整日与美酒、歌舞相伴，把那些俗世中的烦恼都抛诸脑后，人生岂不快哉？

为了留住这份快乐，他把自己关在奢靡的后宫里，在乐曲飞扬中，在美人缠绵的温柔乡中，在甜蜜的爱恋中沉醉不已。他认为今朝有酒应当今朝醉，别去担心那些尚未发生的事情，别去怀念那些已经离开的人或事，只有快乐地活在当下，才是对自己负责。

他能负责的也仅仅是自己的享乐而已，至于那些在战火中颠沛流离的百姓和家国故土，离他甚远，便也不再去想了吧！

“暖雨晴风初破冻，柳眼梅腮，已觉春心动。”静谧的风拂过江南的花红柳绿，虽是初春时节，已是春江水暖，处处流露出小桥流水人家的温暖，荷叶田田的欢乐。春雨绵绵，雨打芭蕉叶。

而遥远的汴京城，被裹挟着黄沙的春风席卷而过，处处流露着枯藤老树昏鸦的凄凉。

赵匡胤便在这料峭的春风里登上高高的城楼，眺望着花红柳绿的江南岸，那一颗骚动之心，久久未能平息。

他看到的不只是江南春季的繁茂，他更看重的是江南的富庶，和他统一天下的决心和野心。

而赵匡胤的这些想法，想来是不会被李煜所理解的。他理想中的生活便是安定和奢靡。他没有什么宏大的目标，只要守着眼前这片欢愉就好。

只是这些欢愉就像是短暂的春天一样，虽然桃之夭夭、灼灼其华，但转眼就会花开荼蘼，遍地落红。

哪怕是落花有意，流水也是无情。当春天过去后，剩下的不过是落红成泥，点点哀伤。

只是落红尚且有惜花、爱花之人前来埋葬。若是国破家亡之时，李煜的这些情怀与欢乐又该拿什么来承载？

李煜看不到这些。可是赵匡胤看得到。

五代十国，诸侯逐鹿，在这混乱纷争的时刻，永远都是强者的天下。你不去吞并别人，别人就会来吞并你。你可以没有吞并天下的野心，但你至少得有自保的能力。

“匹夫无罪，怀璧其罪。”若是连自保的能力都没有，又抱着天下最为富庶的江南鱼米之乡，怎能不让周围贫瘠之地的人虎视眈眈？

若是有心的帝王在这样的夹缝中生存，定会日日惶恐，寝食难安。但李煜不会，他一直活在自己编织的那场春梦之中。

968年，冬十一月，在大周后逝去三年之后，李煜终于娶了小周后，并把她立为继后。

从最初的画堂幽会，到如今三年的等待，在这三年的时光里，小周后以不妻不妾的尴尬身份默默地陪伴在李煜左右，经受了多少风刀霜剑，终是等到了他明媒正娶这一天。

因为心中愧疚，李煜给了小周后最好的婚礼，感谢她陪伴着他一路走出了生命的黑暗。

那一年她十八岁，他三十二岁。他们相遇在彼此最美好的年华里，李煜心中满是不可言说的喜悦与幸福。因此他这样写道：

寻春须是先春早，看花莫待花枝老。缥色玉柔擎，醅浮盏面清。

何妨频笑粲，禁苑春归晚。同醉与闲评，诗随羯鼓成。

踏红寻春，是天下文人墨客争先效仿之事，有诸多的诗句去描写春日美景。

杜牧在《江南春》中写道："千里莺啼绿映红，水村山郭酒旗风。南朝四百八十寺，多少楼台烟雨中。"刘禹锡亦在《春词》中这样写道："新妆宜面下朱楼，深锁春光一院愁。行到中庭数花朵，蜻蜓飞上玉搔头。"志南在《绝句·古木阴中系短篷》中也曾这样写道："古木阴中系短篷，杖藜扶我过桥东。沾衣欲湿杏花雨，吹面不寒杨柳风。"

"人生得意须尽欢。"更何况是在这样稍纵即逝的春日里，一向对遣词造句要求极高的李煜，在这首词的开篇却略显随意，便是连精雕细琢都省去了。

直接取了杜秋娘这句"花开堪折直须折，莫待无花空折枝"之意作为这首词的主旨，倒显得这首词的思想格调较为浅显。虽然这首词格调不高，但是这首词以写意作为开篇，后又以景会意，使通篇顺畅完整，倒显得别具一格，颇具特色。

这首词描写的是在这融融春光之中，在花团锦簇的宫苑里，诗人与美人饮酒赋诗，寻欢作乐的欢愉场景。把李煜这个沉迷于酒色、不思进取的"文人皇帝"描写得淋漓尽致。

欣赏春色要趁早，不要等到花枝枯萎老去才去欣赏。淡青色的酒捧在佳人如玉一般洁白柔软的手中，美酒漫上杯口。

春天有比较长的时间供人来欣赏，佳人频频欢笑，大家在一起以饮酒、赋诗为乐。佳人击着手中的羯鼓，羯鼓一停所赋之诗便已作成。

李煜不但善词，而且也善作诗。《全唐诗》卷八中有云："煜，善属文，工书画，妙于音律。集十卷，诗一卷，失传。今存诗十八首。"

春天短暂到一朵花开的时间，因此杜秋娘想到的是“惜取少年时”。而李煜想到的是，欣赏美好的事物要趁早、尽兴，莫要等到花枝老。

当北宋的军队架桥过江之时，他不但不警醒防备，反而觉得可笑，懒得去应付。等北宋的军队攻破都城的时候，他的寝宫之中还堆着许多尚未拆封的战报。想来看到蜂拥而至的宋军之时，李煜还未从梦中醒来，说好的国泰民安，怎的一夜之间便跌下云端，从高高在上的皇帝变成了阶下囚？

李煜因为敏锐地感到春景易逝，因此未雨绸缪地提早安排寻春之事，若是他的这番心思能用在国事之上，怕是南唐也不会这么早就灭亡了吧！

可惜，家国对于他来说，只是为他提供寻欢作乐的依凭。而治理国家对他来说，却是无法摆脱的负累。当他终是放下了这千斤重担，心中是否也有片刻的轻松。这以后就再也不用在清醒之际，感到愧疚与难堪了吧？

美人如玉，美酒如诗，春风下的金陵美如画，而奢华的宫殿里莺歌燕舞，水袖如云，美人用如玉般葱白的纤纤素手，捧着碧绿的酒樽醉卧在玉石桌上。她散开的墨发似流云一般晕染着白玉石桌，劝君更饮酒一杯。

李煜望着佳人似画的容颜，晃动着杯中的美酒，良辰美景奈何天。诗人写到这里，复又在词句之中精雕细琢起来。他以“缥色”代酒樽，以“玉柔”喻美人的纤纤玉指。美人醉卧劝酒，君王又岂有不醉之理？

因此他情难自禁“频笑粲”“同醉与闲评，诗随羯鼓成”。

这一日的寻春是如此的美好，被他倾尽笔墨写进诗作中。虽然尚有些春日时光可供他玩赏，但春日过后呢？

等待他的又将是一个怎样的开始？

第二章　桃柳依依春暗度

“郎骑竹马来，绕床弄青梅。”彼时你是白衣青葱的竹马，我是明眸皓齿的青梅，有幸与你相遇，耗尽了今生所有的运气，这才换来十年的相守。只是一朝花落红颜老，青葱少年终识了愁滋味……

第一节　晚妆初了明肌雪

《洛神赋》中有这样一段描写：“其形也，翩若惊鸿，婉若游龙。荣曜秋菊，华茂春松。髣髴兮若轻云之蔽月，飘飖兮若流风之回雪。远而望之，皎若太阳升朝霞；迫而察之，灼若芙蕖出渌波。秾纤得衷，修短合度。肩若削成，腰如约素。延颈秀项，皓质呈露……”

私以为这样美丽的词汇堆积在一处，像极了大周后应有的模样，便是在后宫佳丽三千中穿行，她也会像一朵盛开的牡丹一般，艳压群芳。

她无须浓妆艳抹，亦无须曲意逢迎，她的出现便足以惊醒沉睡中的李煜。

他初见她时，便闻见了爱情的味道，便感受到心中那沉寂已久的小鹿，左突右撞地跳动，连带着眸子都温存了许多。

他知道，这便是他心目中妻子应有的模样，哪怕这婚姻带着权力、世俗的利益交换关系，也不影响他心中的期盼和喜悦。

既然逃不脱命运的安排，他坦然接受便是。若是因为这恼人的身份，才能娶上这般的女子，他从未像此刻一般，感谢这层身份带给他的惊喜。

她端庄、聪慧，他亦是学富五车，风流倜傥，这样的两个人结合在一起注定是要花前月下，恩爱两不疑的。

而她亦没有辜负李煜心中对她的期望，她把失传已久的《霓裳羽衣曲》精心地整理了出来，这对于为词曲痴狂了一生的李煜来说，无异于意外获得了一份人间至宝，怎能不让他欣喜异常。

《霓裳羽衣曲》是唐朝大曲中的法曲精品，据《杨太真外传》记载：唐玄宗有一次梦见自己畅游月宫，曾偶然听见一首仙乐，看到过一群仙女在乐曲声中翩翩起舞，那首美妙的乐曲让他醒来以后还念念不忘。

唐玄宗为了能再次听到这样美妙的乐曲，便反复回忆他在梦中听到的音乐，为此他反复谱曲，希望能再现梦中的盛景，但因为种种原因却一直没有实现这个愿望。

有一次，唐玄宗来到三乡驿，站在高处远眺女几山，见这座山山峦起伏，烟雾缭绕，似一位绝色的女子一般缥缈多姿，让他茅塞顿开，触发了心中的灵感。把回忆起来的仙乐糅入他的灵感，创作出了这样一部适合在宫廷中演奏的宫廷大曲。

当然还有另外一个说法，说《霓裳羽衣曲》出自印度，原名《婆罗门曲》，是由开元中河西节度使杨敬述献呈给唐玄宗的，再经唐玄宗润色、修改而成。

白居易还特意作了一首《霓裳羽衣舞歌》来赞美这首曲子，

此首诗围绕《霓裳羽衣舞》在几十年间的沧桑变化，“就中最爱霓裳舞”“教得霓裳一曲成”“无人知有霓裳舞”“恰与昭阳舞者同”“但恐人间废此舞”等进行了描述，层次分明，层层照应。

身穿霓裳羽衣的伴舞之人更是婀娜多姿，倾城绝貌，舞姿翩翩，“案前舞者颜如玉”“娉婷似不任罗绮”。舞者裙裾如虹、回云流霞之披肩，钿璎累累，玉佩珊珊，磬箫筝笛，递相弹奏。舞者飘飘似朝霞、流云，乐曲曼妙，荡气回肠。前一刻还似初雪落地时的空灵梦幻，后一刻便声如游龙惊凤，更是“繁音急节十二遍，跳珠撼玉何铿铮！翔鸾舞了却收翅，唳鹤曲终长引声”。

秋来无事多闲闷，忽忆霓裳无处问。
闻君部内多乐徒，问有霓裳舞者无？
答云七县十万户，无人知有霓裳舞。
唯寄长歌与我来，题作霓裳羽衣谱。
四幅花笺碧间红，霓裳实录在其中。
千姿万状分明见，恰与昭阳舞者同。
眼前仿佛睹形质，昔日今朝想如一。
疑从魂梦呼召来，似著丹青图写出。
我爱霓裳君合知，发于歌咏形于诗。
君不见我歌云“惊破霓裳羽衣曲”，
又不见我诗云“曲爱霓裳未拍时”。
……

当时这首《霓裳羽衣曲》由杨玉环领舞，三十多位宫女演唱，不论是编舞、裙裾，还是舞蹈、布景等都从描绘虚无缥缈的仙境等方面着手，再加上舞者舞姿婆娑的绝妙景象，让观赏之人如临仙境一般，如痴如醉，目瞪口呆。

只可惜这首代表着唐朝最兴盛时代的《霓裳羽衣曲》，竟然在“安史之乱”以后逐渐失传了。后来随着唐王朝的衰败，如此名曲竟然落到了“答云七县十万户，无人知有霓裳舞”的凄凉地步。

后世之人也只能通过白居易的这首《霓裳羽衣舞歌》去揣测这首名曲本来的面貌，这对后世爱曲之人来说，无疑是一种残酷的折磨。

生于帝王家的李煜有幸得到《霓裳羽衣曲》的残谱，虽然他以词、曲、书、画无一不通自居，亦在这些方面颇有建树，但与“通史书，尤工琵琶”的大周后在乐曲方面相比，还是略微逊色一些的。

根据《南唐书》记载，在大周后的潜心研究之下，竟然修复了这首失传已久的《霓裳羽衣曲》，大周后在去其糟粕、取其精华之后，仅用一把琵琶便弹奏出了如阳春白雪一般的天籁之音。

早在盛唐时期，这首《霓裳羽衣曲》便被称为亡国之音。如今大周后又修复了此曲，这首失传已久的古曲并未得到所有人的认可，甚至还有人把它称为“淫曲”。

更有大臣徐铉作诗一首《又听〈霓裳羽衣曲〉送陈君》影射此曲荒靡，似有亡国之意。

清商一曲远人行，桃叶津头月正明。

此是开元太平曲，莫教偏作别离声。

因为君王喜爱此曲，杨贵妃与大周后便倾尽人力物力去排练。因为此曲太过美妙，使君王沉迷此曲，夜夜欢歌，无心早朝。因此荒废了朝政，引来了灭国的祸事。

后世之人便把这所有的祸事怪罪在一个身单力薄的女子身上，称她们为“红颜祸水”，仿佛如此一来就能淡化君王的昏庸无能，从而达到内心平衡的效果。

殊不知，身为女子，出嫁从夫，哪怕贵为皇后、贵妃也终逃不开这样的命运。试问天下女子有谁不希望夫唱妇随，一生恩爱？有谁愿意夜夜守着凄冷、漫长的黑夜垂泪到天明？

便是她们不争，亦会有数不尽的年轻女子前仆后继而来，只为了那至高无上的权力与享受不尽的荣华富贵。

说到底，男子尚且有功名利禄作支撑，女子所求的也不过是夫君的宠爱罢了！只是那些湮没在深宫之中、锦衣华服的女子，又有多少人能明白她们心中的哀伤。

晚妆初了明肌雪，春殿嫔娥鱼贯列。笙箫吹断水云间，重按霓裳歌遍彻。临风谁更飘香屑？醉拍阑干情味切。归时休放烛光红，待踏马蹄清夜月。

月色皎皎，华灯初上，华贵异常的春殿之中正在准备上演一场大型的歌舞酒宴。佳人们出场之前先要精心地装扮一番，裙裾如虹、回云流霞之披肩，钿璎累累、玉佩珊珊。

因为上的是晚妆，为了与华美的舞蹈相映衬，不妨上一些色泽浓艳的妆容，画眉点唇，肌肤胜雪。那盛装鱼贯而来的宫娥，因为刚刚上了浓妆，在四周火烛的映衬下，显得娇美异常，光彩照人。

这些鱼贯而来的娇娘，体态婀娜多姿，倾城绝貌，令人眼花缭乱，目不暇接。令观赏之人把红尘烦恼之事抛之脑后，流连在这天上人间，难以自拔。

乐工们磬箫筝笛，递相弹奏，尽自己所能把乐曲演绎到极致，因此乐声悠扬，飘荡在水云之间。于是，天上人间到处都萦绕着美妙的乐曲声。便是天上的仙乐也不过如此吧！

此时正值春殿歌舞欢畅之时，歌者把“重按霓裳”唱了一遍又一遍，把所有的欢愉之情都寄托在这首乐曲声中。

这一夜的欢娱尽情尽兴，一直畅玩到歌罢宴散，殿外的圆月更加的明朗皎洁，越发让人不舍离去。只能吩咐随从们灭尽殿中的红烛，任马蹄嘚嘚，踏碎一路的月色归去，歌舞虽已散场，但心中的那份余兴却依然未尽啊！

此时的李煜早已为眼前的盛景所沉醉不已，就算是已经舞终曲罢该散场了，他还不忘叮嘱宫人：“月色如此之好，就莫要再掌灯了，我骑着马归就好，莫要辜负了这皓月当空，如此一路上也能再回味一番今晚的歌舞。”

他着一袭白衣，墨发在晚风中飞舞，有一缕发丝垂在了胸前，他轻捋着墨发，在月色之中轻吟着这样的诗句。

这一切都恍如在梦境中一般，他仿佛亦如唐玄宗一般来到了天宫之中，被众多仙子包围着，为他演绎了一曲空前绝后的华美歌舞。

而这世间能欣赏到此等歌舞之人，也仅有他一人而已，若不是大周后伴在他身边，他又如何才能欣赏到如此美妙的乐曲。

得妻如此，夫复何求啊！

这一刻，李煜感觉人生圆满，别无他求，他只愿今生有如花美眷相伴，似水流年。

文人墨客争相以“明月”入诗，比如白居易曾经写道：“可怜九月初三夜，露似真珠月似弓。”辛弃疾曾经亦有这样的诗句：“明月别枝惊鹊，清风半夜鸣蝉。”苏轼也曾写过：“庭下如积水空明，水中藻荇交横，盖竹柏影也。”

“歌罢宴散，月色更明。当即吩咐随从灭尽红烛，纯任嘚嘚马蹄，踏着一路月色归去，方见得歌舞虽散，而余兴未尽！”《弇州山人词评》中曾评价这首诗是“致语也”。今人叶嘉莹也曾详评此句：“后主真是一个最懂得生活之情趣的人。”

而李煜诗中这句“待踏马蹄清夜月”更是极为传神，让人联想到“嘚嘚嘚”的清脆马蹄声，踏着皎洁的月光，马背上端坐着一位面如冠玉，犹如谪仙的男子。

在他身边相伴的是“有国色”的大周后，她俏丽的脸色还有醉酒后的绯红，似天边的红霞飞。

回到寝殿之后，李煜便挥笔写下了这首《玉楼春·晚妆初了明肌雪》，他在初稿中写了这样一句话“临春谁更飘香屑”，写完之后便拿给大周后欣赏。

大周后看完之后说道，上阕之中已有“春”字，若是下阕亦用“春”字的话，怕是有些不妥，不如改为“临风”更妥帖一些，这样既避免了与上阕的“春”字重复，又与“飘”字相映衬，岂不是更完美?

李煜深以为然，欣然改之。

由此可见，李煜与大周后乃天作之合，二人志趣相投，才情互补，因为二人水乳交融，才有了后来的《霓裳羽衣曲》与《玉楼春·晚妆初了明肌雪》。也正是因为如此，李煜才一直钟爱大周后，在她死后哀伤异常、形销骨立吧!

但奈何斯人已逝，已无处去觅芳踪，仿佛这一曲《霓裳羽衣曲》耗尽了她毕生的心血，曲成，她便也随着仙乐前往仙宫之中去了，空留下一段迤逦的回忆，让李煜用一生去回忆。

第二节　铜簧韵脆锵寒竹

“如何！毕竟解散，烦恼难结，烦恼苦结。来，如今放开容颜喜笑，握手相劳；此去清风白日，自由道风景好。听身后一片声欢，争道解散了结儿，消除了烦恼！”这首诗是张幼仪在与徐志摩离婚后，徐志摩写下的。

徐志摩的诗句那么美，时至今日，读来依然柔情似水，然而那么多脍炙人口的诗句却没有一首是写给她的。

离婚于张幼仪来说是肝肠寸断，于徐志摩来说却是消除了烦恼。最好的离别不过是彼此成全，然后你向东，我往西，从此山水不相逢。又或者再见亦是波澜不惊，你总会在我的眼眸中看到灿烂的云霞，只是那时，我的世界里再也没有你，再也没有你……就像从来都没有相遇！

想必世间感情之事多是如此罢了，满心付出的那一个常常被冷落。而无意中的惊鸿一瞥，可能却成了那人心中念念不忘的过往。

许是在感情里原本就没有什么公平可言，得不到的永远在骚动，留在身边的不是成了白米饭，就是成了蚊子血。就算是你委曲求全，亦是无法博取那人一星半点的同情与怜爱。

就像是张爱玲，为了胡兰成低到了尘埃里，换回的也不过是一次又一次的背叛。因此她独自远走他乡，想要的不过是远离过往，忘记过往，然后再孤独、心酸地走完后半生。

可见哪怕是张爱玲这样容貌、品性、才气、身份地位俱佳的女子，最后也会变成别人衣襟上的白米饭。

那位片叶不沾身的情场浪子，最后却跟一个叫佘爱珍的黑帮女老大厮守终生，也觉得甘之如饴。

可见爱情这两个字，非能用语言描写得清楚。否则这几千年来这么多的文人墨客都在讴歌爱情，为什么讴歌呢？还不是因为它太过虚无缥缈，又太过难得。

否则鱼玄机也不会含泪写下“易求无价宝，难得有心郎。枕上潜垂泪，花间暗断肠”这样的诗句。

“易求无价宝，难得有心郎。”这是寻常女子心中所想，亦是贵为皇后的大周后心中所想。

作为一国之君的李煜，坐拥天下美女，偏偏他又是个多情的性子，整日在花丛中流连，在群芳中沉醉不知归处。

哪怕是他日后与大周后琴瑟和鸣，但心中多少还是有些惆怅的。

作为奇情才子的他，心中渴望的感情应该是那种在人海茫茫之中，“蓦然回首，那人仍在灯火阑珊处”的感觉，而非他与大周后这样的政治联姻。

在与大周后成婚之前，他的父王告诉他为他择了一门极好的亲事，那女子不但“有国色”，还“精通音律，能歌善舞，尤工琵琶”。更主要的是她是社稷元老的女儿，若是娶了她，日后有她父亲辅佐，定然会江山稳固，让其他人不敢觊觎。

李煜是在这样的情形下与大周后成的亲，在成亲之前他从未见过她，甚至连她长什么样都不知道。

李煜与大周后之间的爱情，是在他们婚后才一点一滴培养起来的。许是大周后的贤淑和聪慧，是这桩父母之命媒妁之言之外，给予李煜的意外惊喜吧！

对于李煜而言，成婚前所有的忐忑都化作了最后的惊喜。当大周后把古曲《霓裳羽衣曲》复原后放在李煜面前的时候，李煜简直惊喜得要感谢上苍让他们相遇了。也正是因为如此，才更加奠定了李煜和大周后之间的爱情基础，才成就了这一段锦瑟和鸣的才子佳人的佳话吧！

但等新婚的激情退去之后，那被他压抑在心底的孤独便会时常冒出头来。

因此才会有后来的这首香艳的《菩萨蛮》：

花明月暗笼轻雾，今宵好向郎边去。
刬袜步香阶，手提金缕鞋。
画堂南畔见，一向偎人颤。
奴为出来难，教君恣意怜。

史书之中对于小周后的记载不多，甚至连她真实的名字都没有留下。但既然能被李煜所钟情，竟不惜背着大周后与之交往，想来亦有其出彩的一面，才足以吸引到李煜的注意。

马令亦曾在《南唐书·昭惠后传》中称她“警敏有才思，神彩端静”。小周后比大周后小 14 岁，更是名扬天下的绝色美人。

李煜与大周后成婚的时候，小周后才五岁。时隔十年的光阴，小周后早已不是李煜记忆中的小女孩了，她亦是出落得亭亭玉立，容貌绝佳。

那一年大周后病重，小周后时常进宫来探视，在一次偶然的机会之中，李煜与小周后相遇。在他们相遇的那一刻，李煜和小周后虽然只是惊鸿一瞥，但就此两人心中便互生了情愫！

也许这才是李煜心中期待了许久的爱情吧！没有政治联姻，没有父母媒妁之言，有的只是隐藏在彼此眼中的欢喜。

那种欢喜就像是一头小鹿一般，在心底左冲右撞，满满的喜悦感深藏在彼此的眸子中，像一抹流光溢彩一般，怎么也掩藏不住！

铜簧韵脆锵寒竹，新声慢奏移纤玉。眼色暗相钩，秋波横欲流。

雨云深绣户，来便谐衷素。宴罢又成空，魂迷春梦中。

吹箫女纤细葱白的手指来回拨弄着琴弦，发出清脆铿锵响亮的乐曲之声。丝竹演奏出新制而成的乐曲，这乐曲声让夜色也平添了几抹清冷的感觉。

佳人的眼睛里充满着浓情蜜意，双目流动，顾盼生辉。诗人恨不得在华美的居室之中尽情地欢爱，如此才可以让两人的情感更加和谐、亲密。只可惜等欢宴结束以后，那些所谓的柔情蜜意转眼就变成了独守寂寞的空虚。便是连魂魄都为她如醉如痴了，只想沉迷在这场春梦之中不要醒来。

这首词的上阕通过“脆、锵”等词来形容音乐的美妙。但音乐再美妙，也不及奏乐之人的这双“纤玉”，如玉一般洁白的纤纤手指。通过这个描写，可以想象，这应是一位极其美丽的女子。乐美人更美，因此才能使君王沉迷至此，挪不开眼睛。

“新声慢奏移纤玉”，这里提到的“新声”又是别有一番深意在其中。大周后对李煜所得的《霓裳羽衣曲》曲谱残片，进行了“变易讹谬，颇去洼淫，繁手新声，清越可听”的整理和复原，才得以让这首失传已久的古曲，重见了天日。

据《徐游传》记载：“昭惠后好音律，时出新声。”词中所写的“新声”可理解为大周后所作的“新声”，当然也许亦有其他的“新声”。

下阕通过上阕的柔情蜜意，一直到“雨云深绣户”中的尽情欢爱，然后笔锋陡然一转，因为“宴罢又成空”，因为不能长相厮守，诗人辗转难眠，梦萦魂牵。

宴会之上乐曲悠扬，美人如云，觥筹交错，清扬、悦耳的乐曲声就像一杯冰凉的清酒一般，沁入了诗人的心怀。美人如玉一般纤细的手指不停地移动着，悠扬的曲调便越发显得撩人。

美人勾魂摄魄的眸子，如一汪幽深的泉水一般，让诗人为此沉沦不已。

“眼色暗相钩，秋波横欲流。”此女子通过眼神向诗人传递着心中的浓情蜜意，大胆而热烈。

如此热情奔放的女子，自是让多情的李煜魂不守舍，恨不得把这宴席变成华美的闺房，好与这佳人成其好事，以解心头相思之苦。可转念一想，等宴会结束以后佳人就要离去，若不能长相厮守，又何必唐突了佳人。不如把她深藏在心中，梦萦魂牵吧！

思念之痛对于诗人来说甘之如饴，如此他创作的灵感才不会枯竭。或许这份所谓的爱怜，也仅是在音乐、美酒的烘托之下，再加上美人“眼色暗相钩，秋波横欲流”才让诗人有了一时的情动。

等音乐终止，宴会结束，他那颗骚动的心，便又恢复如常。或许美人依旧，他却没有了初始的那份兴趣。

美人虽好，音乐虽美，却也只是徒有其表，远不及“新声”带给他的悸动与内心的震撼。更不及“刬袜步香阶，手提金缕鞋”带给他的甜蜜与喜悦。

人生本就是由无数场偶然相遇组合而成的，谁也无法把每一次偶然的心动变成一场场灵与肉的结合。

那样一份悸动，就像是镜中花、水中月，仅留在心底就好，那是一份至清至纯的情感，就像是爱情的味道一般，可望而不可及。

便是这样一种“爱情的味道”，让李煜在乐曲声中沉醉了一场，也痴迷了一场，但曲终人散，终是无缘。

第三节　盈盈相看无限情

“虞兮奈何？自古红颜多薄命；姬耶安在？独留青冢向黄昏。”自古以来，那些才情卓绝、容颜清奇的女子仿佛多逃不开命运的颠沛流离。

比如班婕妤，她是西汉女作家、著名才女，是汉成帝刘骜的妃嫔，她在赵飞燕姐妹进宫之前，是皇帝最宠爱的妃子。因为“有美德”而被封为“婕妤”。

汉成帝为了与她同出同进方便，特让人制作了一辆巨大的辇车，方便二人乘坐。班婕妤知道这件事情以后，这样劝阻汉成帝：“看古代留下的那些画卷之中，那些圣贤君王出行的时候，都有名臣陪伴在身侧。而到了夏、商、周这三代的末主夏桀、商纣、周幽王的时候，才会邀请妃嫔与其同坐轿辇出行。可是他们最后都流落到国破人亡的境地。若是今日我也与您同车进出的话，岂不是就跟这些昏君一样了，怎么不让人凛然而惊？”班婕妤作为一个身处深宫的妃嫔，并不恃宠而骄，还能规劝帝王励精图治，多亲近名臣，正因为她有这样的觉悟，才被称赞为“有美德”。

而汉成帝对于班婕妤的宠爱，到赵飞燕进宫之后便戛然而止，备受冷落，只得隐居在信阳宫侍奉太后。为此她曾写下“新裂齐纨素，鲜洁如霜雪。裁为合欢扇，团团似明月。出入君怀袖，动摇微风发。常恐秋节至，凉飚夺炎热。弃捐箧笥中，恩情中道绝”这样的诗句，来感怀自己凄凉的身世。

再如花蕊夫人，是后蜀的后主孟昶的贵妃，不但才貌双全，更是中国历史上杰出的女诗人。后蜀亡国之后，她也被押往卞梁，后来被迫进了赵匡胤的后宫。

赵匡胤命令她吟诵诗句为自己歌功颂德，她含泪吟诵了这首著名的《述亡国诗》：“君王城上竖降旗，妾在深宫那得知？十四万人齐解甲，更无一个是男儿。”

身为女子她纵是百般隐忍，最后也不过是死于非命，空留一篇篇才情斐然之作，供后人凭吊。

每每读到与花蕊夫人相关的文字之时，总是会想起小周后，她二人所处同一个时代，命运又是何其相像。都落得那样一个凄惨的境地，纵是历史的长河安静地流淌了百年，都无法冲刷去她们心中的爱与哀愁。

然而，就算是小周后陪同李煜经历了这么多磨难，在化为一抔尘土之后，历史上连她的名字都没有留下。

她本是南朝重臣周宗的嫡次女，亲姐姐娥皇贵为一国皇后。有人说她名为“女英”，取自尧帝一双女儿“娥皇、女英”之名。巧的是尧帝这双女儿先后都嫁给了舜帝为妻，周宗为她们取名的时候定不会想到，这对姐妹花，日后也会先后嫁给同一人为妻，想来亦不会为她们取一个这样充满寓意的名字。想来“女英”之说，不过是后人牵强附会罢了。

975 年，南朝灭国，李煜也成了赵匡胤的俘虏，被押往汴梁，小周后则一路陪同李煜前往。赵匡胤因为李煜三番四次违抗他命令之事，赐封其为“违命侯”，同时赐封小周后为“郑国夫人”。那个时候李煜已不是一国之君，自己尚苟且地活着，又哪里能为小周后撑起一片安全之地来。想必如此带有耻辱性的称呼，小周后自是不愿意被人提及。

如果小周后一直随着告老还乡的父亲居住在杭州，兴许就不会发生后来的这些幸与不幸了。她就能似其他女子一般，觅一良婿，安然度过这一生了。

然命运的车轮从未停下，许是从她一出生冥冥之中便有定数，她这一生注定不会安静地老去。她在杭州安静地长到十五岁之时，因为大周后病重，前往宫中探望，住进了南唐后宫之中。

此时的大周后已是病入膏肓，又痛失爱子，可谓雪上加霜，哪里还是曾经的“有国色”，如今的她已是形容枯槁，瘦骨嶙峋了。虽有李煜的陪伴和开解，但丧子之痛像一根尖锐的刺一般，横在大周后的心上，让她无法挣脱开来。

这时候的小周后年方十五，刚刚及笄，正是花样的年华。再加上她姿容绝艳，性格又俏皮可爱，每日里轻声笑语，更像是解语花一般，为这沉闷的后宫里，带来了新鲜的生命活力。

因为初进宫，她身上尚没有宫中女子的那种循规蹈矩，有的只是青春、懵懂、活泼和天真烂漫。

而此时李煜已过不惑之年，初经历丧子之痛，复又担心亡妻之苦，两两相加，他心中的苦闷可想而知。

便是他身边还有保仪黄氏、嫔御流珠等这样冠绝当世、美貌多才的女子，亦是无法慰藉李煜此时心中的苦闷。

而年少不知愁滋味的小周后就像一道光，照亮了李煜灰暗的心房，让他再次感受到生命的激情与活力。这无异于一剂兴奋剂，让李煜枯槁的心中再次燃起了一把熊熊的火焰。

这首《菩萨蛮·蓬莱院闭天台女》正是在两人情深依依之时，李煜为其写下的诗句。

蓬莱院闭天台女，画堂昼寝人无语。抛枕翠云光，绣衣闻异香。

潜来珠锁动，惊觉银屏梦。脸慢笑盈盈，相看无限情。

像蓬莱仙境一样的院子里住着一位非常美丽的女子，她在华丽的房屋之中午睡，四周悄悄的无人喧哗吵闹。她熟睡的时候从枕头之上滑落了下来，一头秀发乌黑亮泽，衣服上还残留着奇异的香气，让人沉醉不已。

诗人偷偷溜进了女子的房间，不小心碰到了用珍珠镶嵌而成的门环，发出清脆的“叮咚”响声。这声音惊跑了少女的好梦，她睁着惺忪的眼睛，露出甜美可爱的笑意。他与她你看着我，我看着你，就算是不言不语，彼此之间的情意也能相互传递。

“蓬莱院”指像蓬莱仙境一般美妙的院子，蓬莱山是传说中的三大仙山之一。

“天台女”原代指仙女，诗中所说的是像仙女一样美丽的女子。相传东汉时期刘晨、阮肇二人在天台山采药的时候，意外遇见了两位十分美丽的女子，把他们留在天台山上，等他们半年以后回家，才发现自己的子孙都已经是七旬老者了。此二人这才知道他们在天台山上遇见的是仙女。可是等他们再次返回天台山上的时候，却无处寻觅仙女的芳踪了。

诗中的天台一指屋中女子的美貌，二亦指屋中布置得精妙绝伦，再辅以“画堂”二字作为修饰，就有了一些“金屋藏娇”的意思在里面了。

仙女原本应在天台山之上的，但是如今却来到了人间。在李煜心中，小周后就如仙女一般美丽。他想留住这美丽的仙女，与他久伴在人间，一个“闭”字足以表达李煜心中所想。

如仙女一般的佳人在华美的宫殿中午睡，宫人都退下了，殿内静悄悄的，仅有铜炉内的焚香冒着袅袅的青烟。四周太过安静，连走路衣裳“沙沙”的摩擦声都听得清晰无比。

她乌黑的秀发散乱着，像乌云翠玉一般堆在枕间，稍一翻身，便从玉枕上滑落了下来，还带着一股沁人心脾的幽香。便是她身上的香气都是与众不同的，让人嗅了便为之沉醉不已。

瞧见她娇憨的睡姿，诗人不忍惊动她，便是连走路都放缓了脚步。但是手指拨动珠帘的清脆响声，还是惊动了佳人。

她睁着惺忪的眼睛，满脸懵懂地望了过来，在看到心上人以后，娇憨的脸上立刻露出了欢颜。

两两相顾，此时无声胜有声，纵是千言万语，也抵不过这一时的深情凝视。

小周后通音律，好焚香，还能自己制作焚香器具，她身上所用之香，别人也绝无仅有，因此便有了属于自己的独特体香。

国破家亡以后，小周后随着李煜前往汴梁做俘虏，后来被太宗赵光义看中，“例随命妇入宫，每入辄数日”。

据坊间传闻，赵光义不但强幸了小周后，还命人画下《熙陵幸小周后图》的春宫图。此事真假虽然一直众说纷纭，但赵光义对于小周后这种“此女只应天上有，人间哪得几回见的美人”定然会垂涎三尺，想来他连弑兄夺位的事情都做得出来，又有什么事情是他不敢做的呢？

为了得到小周后，赵光义隔三差五便以皇后邀请赏花、探讨女红为由，召小周后入宫觐见。每次小周后进宫都会遭到他的凌辱。为了防止小周后反抗，宋太宗竟然丧心病狂地命宫女们抓住小周后的手脚，当着众人的面一次次对她进行强暴。并且让宫中的画师把他强暴小周后的一幕给画下来。

李煜对这一切不是不知，而是无能为力。小周后每次从皇宫回来以后，必定会对李煜又打又骂，以此来发泄心中的凄楚。而李煜能做的，只能是紧紧地抱着她，希望用自己的温情去抚平她内心的伤口。

再去抒写更多悲情的诗句，来抒发自己内心的苦楚。

小周后，曾是他倾尽所有也要护着的心上人，因为疼惜她，便专程来见她，瞧见她熟睡的样子，也不忍惊动于她。

可是国破家亡以后，他一个亡国之君便是连自己心爱的女子也保护不了。早知道如此，他是不是就该在国事上倾注多一点心血，如果那样，是不是就能把小周后“盈盈十五时”的模样，永远地留在心中……

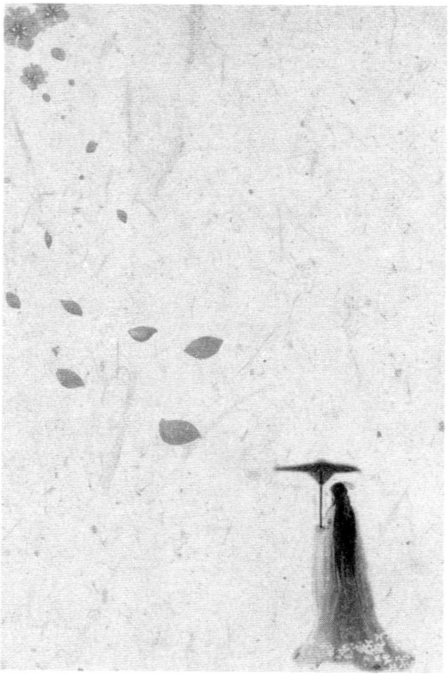

第四节　花明月暗笼轻雾

《诗经·丘中有麻》中这样写道：“丘中有麻，彼留子嗟。彼留子嗟，将其来施施。丘中有麦，彼留子国。彼留子国，将其来食。丘中有李，彼留之子。彼留之子，贻我佩玖。”

山丘上面堆着大麻，谁能让子嗟留下来，把他留下来，等相会的时候让他来我家。小麦生长在山丘之上，谁能让子国留下来，把他留下来与我情投意合。山丘上面长着李树，谁能把那个小伙子留下来，让那个小伙子留下来，好赠送我佩玉和黑宝石。

在《诗经》产生的时代，男女之间的情感是比较宽泛的，特别是农村男女在交往的时候野外幽会，都属于很普遍的事情。《丘中有麻》所描述的情景，就是在这样一个宽泛的背景之下发生的故事。这首诗歌是以一个姑娘的口吻来描写的。诗中提到的“丘中有麻”“丘中有麦”“丘中有李”都是姑娘与情郎秘密幽会的地点。

那一片片大麻地，那一片片麦垄田间，那一棵棵李子树下，都是姑娘与情郎幽会的场所。所以每当姑娘回味与情郎幽会的甜蜜之时，总忘不了这些充满了神奇的地方。

通过这一次次大胆的欢爱，姑娘最终将与情郎共结连理，成立一个甜蜜的家庭，繁衍子嗣，将这一段热烈、纯真、质朴的爱情一直延续下去。姑娘在唱这首歌的时候，便将心中对爱情的期望都融入其中。

相比于这种大胆、热烈的爱情，李煜与小周后的爱情就多了许多谨慎和惶恐在里面。

毕竟他们之间的所有，是瞒着病重的大周后悄悄进行的。自是不能像《诗经·丘中有麻》之中所描述的女子那样，可以肆无忌惮地对情郎唱出心中所想。

俗话说“妻不如妾，妾不如偷”，或许李煜对与小周后这种秘密幽会的情景，觉得很是刺激。激起了他许久未曾有过波澜的内心，也让他对这样的行为患上了戒不掉的瘾。

花明月暗笼轻雾，今宵好向郎边去。刬袜步香阶，手提金缕鞋。

画堂南畔见，一向偎人颤。奴为出来难，教君恣意怜。

南唐后宫的某个夜晚，静谧、安然，月色的华光倾泻下来，把宫中的一切都笼罩在银光之下，似有还无的清风，像姑娘的纱衣一般，轻轻掠过脸颊，带着轻柔和丝滑，越发撩拨着月色中伫立的人儿。

不知道想到了什么，那人忽而抿着嘴角笑了起来，这一笑仿若一道华光一般，拨开了层层薄雾，让眼前的一切都变得清晰了起来。

在夜色和轻雾的迷蒙中，有个脸色绯红、娇俏的女子悄然而行，她紧张地环顾四周，便是连呼吸都轻了些许，生怕大点声便会惊破这份静谧一般的模样。

绣鞋踩在青石板上发出一阵阵轻微的“沙沙”声，这声音在暮色之下被无限放大，更加让她心跳加速，惊慌不已。她恼怒地脱下绣花鞋，提在手中，赤足踏碎这一地的月光。

那晶莹剔透，泛着莹莹白光的精致双足，轻巧地从青石板上飘过，带着少女满心的期待与欢欣，悄然来到了画堂南畔，看到了那个长身玉立的背影，在银色月光的笼罩下他越发显得丰神俊朗，俊逸不凡。

她仅瞧了一眼，便觉得心中的小鹿左突右撞地跳个不停，她悄然地做了一个深呼吸，壮着胆子不顾一切地扑进了他温暖的怀中，嘴里还假装娇嗔地说道：“奴为出来难，教君恣意怜。”

男子拥着她柔软、娇小的身子，再看她俏皮、狼狈的模样，不禁眼睛一眯，沉声笑了起来：呵……

宠溺之情，溢于言表。

此时的李煜已是而立之年，两个孩子的父亲，早就褪去了青涩，又久居高位，因此自上而下流露出来的是满满的成熟，与身在高位独有的那股子凌冽与清冷。

便是这样的一个人，却愿意拿出满腔的柔情，去无限度宠溺一个情窦初开的女子，想来那女子亦会义无反顾地投入他的怀抱。

哪怕这个人已婚，哪怕这个人比她大出许多，哪怕这个人是自己的姐夫，她都愿意像飞蛾扑火一般地，不顾一切地奔向他。

他亦曾在她的清浅笑容和独有的香气之中，闻见了爱情的味道。

因此这两个人的相遇注定会在彼此心中荡起一道道涟漪，便是病重之中的大周后亦是阻挡不了。

大周后原本就因为丧失爱子心痛病重，再加之又偶然得知李煜竟然与自己的妹妹好上了，惊恼之下更是加重了病情，于不久之后便含恨撒手人寰。

虽然李煜对大周后是有情意的，但帝王的情意永远都不会只倾注在一个人身上。他一边沉浸在大周后逝去的哀伤中，甚至把自己折磨得瘦骨嶙峋，苦不堪言。他一边又尽情地享受着小周后给予他的无微不至的关怀和温柔，自大周后逝去之后，他们之间便再也没有阻隔，可以肆无忌惮地厮守在一起。

此时此刻，对于李煜而言，对大周后残存的爱还有多少呢？怕也只剩下愧疚了吧！

愧疚没有在她活着的时候，好生照顾、陪伴着她。

虽然后宫之中佳丽三千，可终归是嫡庶有别，大周后是他明媒正娶的妻子，与他生了两个孩子，并且他们也有过那么多欢愉的时光。在小周后没有出现之前，他们也曾有过浓浓的情意。

但这一切，都随着大周后的逝去，随风而逝了啊！

也就是从这样的时刻开始，李煜才真正地明白，有些人、有些事会随着时间永远离去的。等她离去以后，你便永远地失去了她，不管你多么痛苦、愧疚，她都不会再回来了。

多么的残忍。

也就是在大周后逝去以后，李煜才越发地对小周后好，他想把那些亏欠和内疚都弥补在小周后的身上。小周后在不知不觉中便成了那个最幸福的女子。

所以说，在刚好的时间，出现的刚好的人，往往都是最幸福的。

大周后用生命教会了李煜怎么去爱一个人，可惜她却匆匆走了。这个因为她而变成熟的男人，却把对她的满腔愧疚，转移去宠爱另外一个女子。

若是大周后能看到这一切，不知道是应该高兴，还是哀伤。

只可惜关于她的一切，都被历史的黄沙深深地掩埋，我们再也无从得知关于她的喜怒哀乐。

通过李煜的这首词，让我们看到这段宫闱秘闻，诗中那个提着鞋子的娇俏女子，那双踏上香阶，踏碎一地月光的葱白金莲，为这首诗平添了许多的旖旎。

小周后的这双滑腻金莲，在李煜的生命之中并非唯一的。他亦曾因为另外一个女子的一双金莲而沉醉不已。

此女子名为窅娘，身轻如燕，双目深凹而顾盼有情，擅长跳采莲舞。据说这种采莲舞是根据唐人王昌龄《采莲曲》之中的意境改编而来的。

据说窅娘在跳采莲舞时会用帛裹足，这样她跳起舞来就显得身姿摇曳、婀娜多姿，就好像脚踩莲花、步步生莲一般的美丽。

王昌龄在《采莲曲》中这样写道："荷叶罗裙一色裁，芙蓉向脸两边开。乱入池中看不见，闻歌始觉有人来。"

李煜在观赏了窅娘绝美的舞姿以后，联想到南朝齐废帝萧宝卷为了宠爱他的爱妃潘玉奴，特意为其修建了三座奢华无比的宫殿——仙华、永寿、玉寿，令其在地面雕成莲花状的白玉上翩翩起舞。他则在一旁赞曰："天外飞仙过，步步生莲花。"

李煜受这件事情的启发，特意命人为窅娘打造了一座高六米的巨型莲台，专供窅娘为之献舞所用。

窅娘每次缠着金莲舞蹈的时候，都会感到钻心的疼痛，可是为了取悦李煜，她一次次在金莲花上起舞弄清影。

据史料记载："窅娘白衣纱帽随行，后主宛转劝留，不听。"金陵城破之后，随着南唐国灭，窅娘义无反顾地随着李煜前往汴京，仅以舞女的卑微身份陪伴在李煜身边。

后被赵光义所逼迫，为了守住清白之身，纵身跳入了莲池，这个堪称中国古代"舞后"的奇女子，就此香消玉殒。

李煜因为贪恋窅娘跳舞时的美景，因此不顾她缠足带来的痛苦，这样一味贪图视觉上的快感，而忽略一个女子身体上的痛楚，想来是因为不爱。

而面对小周后的时候，李煜又化身为那个柔情似水的男子，见她睡着了，便不忍心打扰；看她赤着足在夜间行走，便心疼地将其抱入怀中，这种种的一切，想来都是因为爱。

李煜和小周后的相会，一方面要瞒着大周后，另一方面又于礼法不合，因此他们每次约会都要屏退左右，选在幽静的画堂南畔相会，互诉衷情。

等日后国破家亡之际，小周后被迫为赵光义所辱之时，不知还会不会想起今日这番幽会之时的种种甜蜜。

只是，今日的幽会有多甜蜜，日后的生活就有多凄苦。那个她寄托了全部希望的男子，在面对她受辱的时候，不但无法站出来保护她，还只能“婉转避之”。

黄粱一梦二十年，也终不过是一场落幕的繁华罢了！

第五节　一寸相思千万绪

“十年生死两茫茫，不思量，自难忘。千里孤坟，无处话凄凉。纵使相逢应不识，尘满面，鬓如霜。”你我夫妻已经诀别了十年了，强忍着内心不去思念我与你的那些过往，可又怎么忘得掉，千里之外的那座孤坟啊！我心中的这些凄凉与悲伤，要怎么才能向你诉说。一别十年，如今我已是容颜憔悴，两鬓斑白了，纵使我们曾经是恩爱的夫妻，可如今再见到我，恐怕你也认不出我了。

苏轼十九岁的时候娶了年方十六的王弗为妻。王弗不但年轻貌美，更是知书达理。每每苏轼温书的时候，王弗便在一旁红袖添香，若是遇到苏轼有遗忘的地方，她还会出言提醒。

虽然王弗聪慧如此，但她懂得藏拙，并不会因此便傲慢无礼，反而越发地尊敬夫君，且侍亲甚孝，两个人也因此恩爱情深。

可惜，天不遂人愿，王弗年仅二十七岁便早早地逝去了。

苏轼因此悲痛欲绝，刻骨铭心。

苏轼在《亡妻王氏墓志铭》里说：“治平二年（1065）五月丁亥，赵郡苏轼之妻王氏（名弗）卒于京师。六月甲午，殡于京城之西。其明年六月壬午，葬于眉之东北彭山县安镇乡可龙里，先君、先夫人墓之西北八步。”这些语句虽读起来觉得平静，但其实里面满含苏轼心中莫大的悲痛。

这一年正月二十，苏轼忽然梦见了爱妻王弗，便写下了这句“有声当彻天，有泪当彻泉”。

乾德二年（964）大周后病逝以后，南唐的中宫便一直空缺着，李煜尚未从痛失爱妻的悲痛之中恢复过来。

大周后活着的时候他不以为然，享受着与小周后偷情、幽会的乐趣，可真当失去了大周后以后，他才发觉大周后原来在他心中有如此重要的地位。

大周后冰肌玉肤，骨清神秀，她不但能歌善舞精通音律，更是熟读史书，她与李煜是良伴亦是知音。

由她所著的《邀醉舞破》《恨来迟破》两首舞词更是彰显了她的斐然才情。更何况她还呕心沥血地将名曲《霓裳羽衣曲》改编成琵琶曲，单凭这一点，便是当时名家所不能及的。

为此李煜泣泪写下《昭惠周后诔》，还数次跳井寻死想要为大周后殉情，若不是被护卫发觉，极力护着，怕就真的随大周后而去了。

兴许人们对拥有的都不懂得珍惜，然而等到失去的时候才感觉到痛彻心扉，但不管怎么样伤心，都已经是枉然了。

大周后因为丧子之痛，再加上李煜与小周后之事病重亡故，如今尸骨未寒，悲痛之中的李煜便让小周后留在宫中待年。古时候的成年女子待字闺中，等待有缘之人前来府中提亲，称为“待年”。

但李煜那首艳诗“刬袜步香阶，手提金缕鞋”，让小周后提鞋深夜与他画堂偷会之事，闹得人尽皆知，谁还敢前往提亲，触皇上的霉头？

所以“待年”之说，不过是李煜为了掩人耳目罢了。

这时的小周后已是及笄的花样年华，从那个娇俏的少女出落成亭亭玉立、风姿绰约的女子了。

正当李煜在小周后的抚慰下，渐渐从丧妻之痛中恢复过来的时候，次年九月，李煜之母钟太后又病逝了，李煜按制守丧三年。如此一来前前后后就耽搁了四年。

小周后以一种不尴不尬的身份默默陪伴在李煜身边，说妻不是妻，说妾也不是妾，便连一个名分也是不能有的。

但小周后一直无怨无悔地伴在李煜身侧，她的懂事与体贴，更加让李煜心生愧疚，坐立难安。

这一首《蝶恋花·遥夜亭皋闲信步》便抒发了李煜心中这些无以言说的酸楚和苦闷。

遥夜亭皋闲信步。乍过清明，渐觉伤春暮。数点雨声风约住，朦胧澹月云来去。

桃杏依稀香暗度。谁在秋千，笑里轻轻语？一片芳心千万绪，人间没个安排处。

夜间闲来无事，他在水边的平地上闲适地踱着方步。清明时节雨纷纷，这才刚刚过了清明节，就已经感觉到春天逐渐远去了，便连这夜晚都有了几分初夏的温热。

夜间零星飘了些许雨滴便又停住了，积云像轻纱一般遮挡着孤月，让它越发显得朦胧了起来。这时一阵风吹来，云也随着微风移动了起来。

桃花、杏花在夜色中散发出幽淡的香气。也不知道远处是谁在荡着秋千，那女子轻言笑语，娇俏动人，是多么惹人怜爱啊！“春心莫共花争发，一片芳心千万绪！”这心田里竟然积聚了千种的相思之意，天地之大竟然无处安放这些个愁绪。

“遥夜亭皋闲信步，乍过清明，渐觉伤春暮。”清明刚过，原本是春意正浓的时候，但因为心中积闷，让他感觉到春光渐逝，细雨打梧桐，点点滴滴都是寂寞，便连孤月都被乌云笼罩着。因为少了一个人陪伴，这大好的春光看在他眼中也只觉“渐觉伤春暮”。

“遥夜”，夜色未深，但也不是“初夜”了。“闲”，为什么会闲呢？因为少了一个人的陪伴，孤单之人才会觉得“闲”。“信步”，一个人也没什么想去的地方，但是在屋中又觉得闷得很，所以漫无目的地四处走走，希望能以此来化解心中的愁绪。

“数点雨声风约住，朦胧澹月云来去。”开始的时候还下了零星小雨，后来这雨滴就像是被风给约束住了，不一会儿便停了，月亮被云彩笼罩着，散发出朦胧的光泽来。

“风约住”，便是身为一国之君，他也会感觉力不从心，有许多事也无能为力，因此看着雨停了，便也有了被约束的意味在其中。

“桃杏依稀香暗度。谁在秋千，笑里轻轻语？”桃花杏花都争先绽放，在寂静的暗夜里散发出幽幽的淡香。也不知道是谁在院内荡着秋千，那个轻声笑语的女子是谁？

是谁在荡秋千他不得而知，那个女子是谁，他看不见，至于她们说什么，他更是听不见。

他因为心情郁闷所以信步而行，原本凄楚的心情因为听见这“笑里轻轻语”而得到了缓解。

“一片芳心千万绪，人间没个安排处。”心中对她的万般思念，在这辽阔的天地之间，竟是无处可以安放他的那些相思、愁绪。原本他把这些心事都紧压在心底，却被那一架秋千引着又想起了那些动人的秋千往事。

她们在低声谈笑什么，他听不见，就像他有满腹的情话想对她诉说，她亦听不见一般。

“谁料苦意甜情，酸离辣别，空负琴心许。十二碧峰何处是？化作彩云飞去。”这是奕绘因为不能与顾太清厮守终生，而痛苦写下的诗句。

顾太清与奕绘原本有一层亲属关系在里面，奕绘的祖母是顾太清的姑奶奶。曾经因为这一层关系在里面，在顾太清家计艰难的时候，曾经到奕绘的家里寄住。实际上是指点陪伴奕绘的姊妹们作文吟诗。

当时奕绘也就十五六岁的模样，正是情窦初开的年纪。他与顾太清由青梅竹马到热恋，诚如奕绘在词中描写的那样：“见人佯避，背人携手私语。”

两个人因为情投意合，所以经常有诗书往还：“一十三行，写上吟章。双款分明哑谜藏。”

可是，按照当时朝廷律法规定，顾太清与奕绘是完全不能结合的。所以他们两家的亲朋好友全部反对他们在一起，最后这对热恋之中的情侣只能劳燕分飞。奕绘也因此痛苦得不能自拔。

“记得那年花下，深夜，初识谢娘时。水堂西面画帘垂，携手暗相期。惆怅晓莺残月，相别，从此隔音尘。如今俱是异乡人，相见更无因。”据闻韦庄最心爱的姬妾被蜀主王建夺去了，韦庄忆起他们在一起的欢愉时光，不禁痛苦万分。因此写下这样一首词来表达自己对爱姬刻骨铭心的相思之情。韦庄的爱姬读了他写的这首词以后，痛苦地绝食而亡了。从此天涯两茫茫，再也没有相见的那一刻。

“君知妾有夫，赠妾双明珠。感君缠绵意，系在红罗襦。妾家高楼连苑起，良人执戟明光里。知君用心如日月，事夫誓拟同生死。还君明珠双泪垂，恨不相逢未嫁时。”归还你的双明珠时，我已经是两眼泪涟涟了，很遗憾没有与你在我未嫁之前相遇。

许是真正的遗憾不是未曾拥有过，而是遇见了之后，发现自己没有能力拥有而感觉遗憾。

“小楼昨夜听风雨，风增相思雨添愁。”明明还是初春，却因为有了风雨的摧残，而导致满地的落红。李煜忧心正值妙龄的小周后，也会如这春天一般，无声地凋零在偌大的后宫之中。

好在，小周后十九岁之时，李煜终于如愿以偿给了她一个正式的名分，并许了她十里红妆，让她成为南唐最尊贵的女人。也让她多年的等待有了一个圆满的归宿，再也不被流言蜚语所伤。

仿佛是冥冥中早有定数一般，彼时她嫁给李煜，正是娥皇嫁给李煜时，一般的年纪，一般的娇艳如花。

虽然小周后几经波折终于嫁给了心爱的男子，但古往今来，提及大周后时，无不赞叹她的聪慧、才华及“有国色”。而在谈及小周后的时候，无不带着桃色的目光用轻佻的语言，津津有味地谈论她昔日提鞋与姐夫画堂幽会的种种行径，并成为人们茶余饭后调笑的谈资，并未因为她身份的转变而发生些许变化。

她与李煜的婚姻，被称为乱伦，因而并未得到过太多的祝福。

大周后在时，南唐尚且国泰民安，她就算是病了，也有李煜悉心陪伴在身边照料，送她最后一程，她死后亦是以国母之礼下葬，未曾受过半分的委屈。

反观小周后，就算李煜给了她极致的宠爱，可她却从未被世人接受过。后南唐国破家亡之际，她又随李煜颠沛流离成了阶下囚，艰难度日。

就算被赵光义侮辱和羞辱，她也不忍独留李煜一人孤零零活在这世上。用瘦弱的肩膀保护着李煜。

李煜死后，她也随即结束了自己年轻的生命。只是她为李煜所做的这一切，并未得到世人的原谅和赞誉，甚至连真实姓名都未曾留下。

她就像是深宫之中一只扑火的飞蛾一般，用尽生死只为了一人绽放。

第六节　到处芳魂感旧游

“寥落古行宫，宫花寂寞红。白头宫女在，闲坐说玄宗。”曾经一片富丽堂皇的古行宫里已经是一片寂寥和冷落了，宫中那些艳丽的花朵在寂寞与荒寂中静静地绽放。有几个满头白发幸存的宫女，无所事事地闲坐在一起，谈论着玄宗的那些逸事。

元稹这首《行宫》描述的是宫廷之中盛衰的场景，这首五绝诗虽然短小精悍，却富有深邃、隽永的意境，把逐渐老去的宫女们心中无穷无尽的哀怨表达得淋漓尽致。

古行宫之中的花开依旧，并不会因为寂寞、无人欣赏便不再开放。可当年那些花容月貌的宫女们如今已经变成了白发苍苍的老妇。花开有时，青春不再，就连昔日繁华的宫殿都变成了一片空寂。物是人非，这其间包含了多少凄凉和哀怨。

宫女们过去精心装扮也只是为了博取帝王的欢心，而如今青春不再，她们再也没有机会见到龙颜。只能无聊地待在冷宫里，聚在一起谈论曾经的盛世繁华。

这首描写宫女哀伤与凄凉的诗，是元稹从一个旁观者的角度去描写的。实际上，大多数描写宫女哀凉身世的诗词，都是宫外之人触景生情所写。

杜荀鹤在《春宫怨》中写道：“早被婵娟误，欲妆临镜慵。承恩不在貌，教妾若为容。风暖鸟声碎，日高花影重。年年越溪女，相忆采芙蓉。”张祜在《赠内人》中亦曾这样写过：“禁门宫树月痕过，媚眼惟看宿鹭窠。斜拔玉钗灯影畔，剔开红焰救飞蛾。”

却鲜有一位君王，会把自己的关注点放在这些日渐老迈的宫女身上，并着笔墨为她们写下诗句的。

“君看白发诵经者，半是宫中歌舞人。”君看这些白发诵经之人，多半都是以前宫中身材曼妙、轻歌曼舞的靓丽宫人。

君王后宫之中佳丽三千，从不缺乏年轻靓丽的容貌。那些娇嫩如花朵般的宫人尚且无缘得见龙颜，又何况这些逐渐老去的宫人呢?

君王坐拥后宫佳丽，年迈失宠的宫妃比比皆是，谁不是夜夜守着孤灯垂泪到天明?

“以色事人者，色衰而爱弛。”这些女子从进入这宫中之时，便已注定了这样的命运。

“自古才子多风流。”李煜在成为帝王之时，便是这样多愁善感的风流才子。会因为一朵花开花败而悲春伤秋，在那强要说愁的年纪，有些许烦恼都会惊天动地。

便是他当上了帝王，这种多愁善感也时常伴随着他。才过清明，他便“渐觉伤春暮”，如此细腻敏感之人，他既看得懂纯真少女的“笑向檀郎唾”，又能怜惜白头宫女的“风情渐老”。

据史料上的一些记载，李煜自幼便痴爱诗词歌赋，尤爱这些可以唱和的歌词。因此他在宫中设立有教坊。那些随侍在他左右的宫娥，也精通音律、舞蹈。庆奴便是随侍在他身边的宫娥之一，她年轻之时曾甚得李煜的垂怜。

至于庆奴年轻之时的样貌已经无法考究，想来能随侍在李煜身边，又能得到他的垂怜，就算不是倾国倾城，也应是聪明伶俐、风情万种的女子。

屈原曾在《离骚》中这样写道：“惟草木之零落兮，恐美人之迟暮。”这世界最悲凉的事情莫过于“美人自古如名将，不许人间见白头”。

白驹过隙，时间从美人纤细的指缝中悄悄溜走，岁月的沧桑在美人的额头、眼角留下深深的烙印，便预示着美人的青春已然不再。失去青春年华的庆奴，早已不复往昔的芳华。

君王身侧从来不缺二八年华的妙龄女子陪伴，失去青春的庆奴亦如那些白头宫女一般，往后余生住在这世间最繁华的宫殿里，品着这世间最深的寂寥。

就算清雅如梅妃，高洁如班婕妤，惊艳如皇后陈阿娇，都逃不过“只见新人笑，不见旧人哭”的命运，更何况一个小小的宫娥。

李白曾在《妾薄命》中写道：“雨落不上天，水覆难再收。君情与妾意，各自东西流。昔日芙蓉花，今成断根草。以色事他人，能得几时好。”

皇后陈阿娇是一个长相极其美丽、惊艳的女子，汉武帝曾为了她“金屋藏娇”，在很长一段时间里对她都非常宠爱。但过了几十年之后，当她年老色衰之时，汉武帝的心亦如覆水难收，再也荡不起任何波澜了。又怎么会还像从前一般，专宠于她？

风情渐老见春羞，到处消魂感旧游。

多谢长条似相识，强垂烟态拂人头。

“风情渐老见春羞”，原本青春靓丽的宫娥，如今已是韶华不再，容颜易老，哪里还有从前的美艳啊！更不敢与开在春天的鲜花相比，只能躲在房中自怨自艾了。

“到处消魂感旧游”，想当初她尚且风华正茂之时，被君王极尽宠爱，到处都留下了他们欢情时的足迹与身影。那时，她与他情意正浓，整日有他陪伴在身边，日子仿佛都过得快一些。常常感叹时光过得太快，要怎么才能让他在自己身边多留一些时日。如今只剩她形单影只，整日与寂寥为伴，这孤寂的夜啊！就显得越发漫长。

“多谢长条似相识，强垂烟态拂人头。”柳枝本来并没有“强垂”的意思，但奈何却有人想要邀宠。可惜因为“风情渐老”青春不再，再也入不得君王眼中，只有柳枝好像还认识她，勉强垂下枝条来回应她。

庆奴色衰而爱弛，于她彼时来说是不幸的。但于其他终身都未等到过君王宠爱的宫女来说，又是幸运的。

至少她曾在芳华正茂之时得到过帝王的宠爱，还为她写下了这样一首诗句，还因为她的容颜渐老，而起了怜悯之意。

那一日春光正好，在一场盛大的宴会之中，高高在上的君王匆匆一瞥，看到了因为“畏老”而略显自卑的庆奴。

此时宫廷之上莺歌燕舞，丝竹管弦之声悦耳，年轻的舞者身姿绝美，这一切都衬托着庆奴的青春不再。

曾经，她亦是场中最出色的舞姬，她一出场君王的眼神便随着她的舞姿旋转。此时，随着她的青春不再，君王的眼中便再也没有她的身影了。

越是如此，她在君王面前越觉得自卑。偶然瞧见君王俊逸的身姿，复又想起她得宠之时的荣光。只可惜那些往事都犹如过眼云烟一般，不复存在了。

还有什么事比物是人非事事休，更让人感到伤感的呢？

李煜从见到庆奴的那一刻开始，便窥见了她心中因为“畏老”而“羞春”的心事。他看到她在宫宴之上面露哀愁，在“强垂”的柳枝之下发呆。那一脸哀怨之色，想来是忆起了曾经的旧时光。

见到庆奴如此感伤，李煜虽然心生悲悯，却不知道该如何安慰。虽然他未曾忘记过她，但她毕竟韶华易逝，若想得到以前的恩宠，那也是不可能的了。

庆奴此时心中所有的哀伤皆因此而生，既然无法满足她的心愿，那他又能安慰她几分呢？

思忖再三之后，李煜命人取来一把黄罗扇，提笔写下了这一阕《赐宫人庆奴》，想要通过这样的方式告诉庆奴，那些你心心念念的旧事，我也记得，我也未曾忘记你。

不知因为“畏老”而心生悲戚的庆奴，看过李煜亲笔书写的这把黄罗扇时，该是怎样的惶恐与哀伤。

像庆奴这种生活在深宫之中的女人，就像一朵只为帝王开放的春花一般，等待着帝王福泽的降临。

只可惜帝王之情如雨后的彩虹一般，虽然绚烂，却也是转瞬即逝，那份宠爱永远不会为谁而停留。在经历过极致的宠爱之后，便要学会独自面对最深的寂寞。

或许对于女子而言，最痛苦之事并非因为从未得到过，而是彼时拥有过那样完美的呵护，让她错以为这就是爱情的时候，那人又陡然抽身离去，复又把这些宠爱给了别人。

杜牧曾在《秋夕》之中这样写道："银烛秋光冷画屏，轻罗小扇扑流萤。天阶夜色凉如水，坐看牵牛织女星。"白居易也曾在《宫词》之中这样写道："泪尽罗巾梦不成，夜深前殿按歌声。红颜未老恩先断，斜倚薰笼坐到明。"

好在庆奴终是聪慧的，并未因为这把黄罗扇而生出再度复宠的心思。她知晓自己只是一个小小的宫娥，便是连个名分都不会有。以她这样的身份，得到过李煜的宠爱，又有这番赠扇之情，想来对于庆奴来说便已是足够了。

据民间所传，南唐城破以后，庆奴辗转藏于民间，后嫁给一位宋朝的将军为侍妾。

虽然当时赵匡胤命令朝中之人不得与李煜联系，但庆奴感激旧主的赠扇之情，还专程托人送去了问候的书信。

彼时，李煜被困在异地，身边的人逃的逃、死的死，也仅余小周后与窅娘陪伴在他身边。

他未曾想过，庆奴还记得当日的赠扇之恩，冒险托人送来这样的书信。李煜捧着庆奴的书信，不禁又想起昔日唐宫之中的那些繁华。时至今日，他亦处于昔日庆奴所处的位置，对于她心中的无限哀伤深有体会，更加明了她彼时的那份伤心与无助。

只可惜时光无法倒流，他亦无法回到那时的旧时光，能多给她们一些怜爱与陪伴，让她们漫长的余生能有些许期盼。别像此时的他一般，前途渺茫，仿佛再也等不到云开雾散之时。

第三章　别是一番滋味在心头

年轻时曾觉得“兰因絮果”这个结局太过悲伤，明明是相爱的两个人，为什么最后要分离呢？可今日再读，只觉得花开花落自有时……

第一节　秦楼不见吹箫女

“泪咽却无声，只向从前悔薄情，凭仗丹青重省识，盈盈，一片伤心画不成。别语忒分明，午夜鹣鹣梦早醒。卿自早醒侬自梦，更更，泣尽风檐夜雨铃。”

脸颊上热泪在肆意流淌，无声地饮泣着，心中只是痛悔在你活着的时候没有好好珍惜你的一片深情。想借着丹青来画出你的容颜，能再度与你相聚，可是泪眼模糊，肝肠寸断，颤抖的手却怎么也无法把你的音容笑貌画出来。

你我生死诀别之时所说的话语犹在耳畔，可你我却已经阴阳相隔，再无相聚的可能，比翼齐飞的好梦半夜里忽然又惊醒。你早早就醒来了，我却一直在梦中沉醉，风檐下的雨铃陪伴着我一直哭泣到天明。

这是纳兰性德为亡妻卢氏写的一首《南乡子·为亡妇题照》。

纳兰性德与妻子卢氏，自成婚以后恩爱情深，相敬如宾。

却想不到三年之后卢氏因为难产而死。这对于痴情的纳兰来说，无疑是沉重的打击。纳兰性德也因此陷入无尽的哀伤之中。

他为亡妻抒写了许多吊亡词，这一首首吊亡词就如杜鹃啼血一般，哀伤凄婉，催人泪下，让人不忍卒读。这一首《南乡子·为亡妇题照》是他在为亡妻作画之时，写下的感人至深的词作。

纳兰性德与妻子相处三年，妻子逝去后他尚且如此痛苦。对于生性多情，又把大周后视为知音的后主李煜来说，面对恩爱了十年的爱妻陡然离世，对他来说又该是怎样的痛苦与后悔啊！

一袭东风吹开了江南的三月，那番花红柳绿的盛景，看在离人眼中却多了几分萧瑟。

花开自有花落时，那满地的落红，如何不让多情之人为之垂泪。

世间相爱之人，最害怕最终落个“兰因絮果”的结局，明明相爱，最终却因为阴阳相隔，不得不分开，说起来又怎能不惆怅。

遥想当年，他们相携着踏青，那一束束的花开，都比不过她的娇俏。李煜摘下一朵桃花，轻轻别在娥皇的鬓侧，微笑着看她人面桃花相映红。

想来娥皇亦会娇嗔着问李煜：“怕郎猜道，奴面不如花面好。云鬓斜簪，徒要教郎比并看。”究竟是花好看，还是我好看呢？

彼时在李煜眼中，娥皇是这世间最娇艳的那一朵花了。

游到动情处，他可能会即兴赋词，而她则为这些灵动的诗词谱曲，再交给教坊之中的佳人来唱和。他与她并肩坐在高台之上，握着酒杯眉目传情。

那一刻，仿佛岁月永恒，什么样的荣华富贵，都抵不上娇妻在身侧陪伴。

瑶光殿的春色正好，而与李煜相伴了十年的大周后却突然撒手人寰。这里原本承载着他们无边无际的温存和幸福，可如今人去楼空，再次触景生情，已是物是人非事事休，未语泪先流了。

瑶光殿的梅花郁郁葱葱，那向阳的南枝已经开遍梅花了。这一片梅花大抵是李煜与大周后一同种下的，他们曾相约年年在此一同赏梅。可时光匆匆，也不过十年的光景，大周后便独自去往那个遥远的地方了！

不知道那里可有春来报，可有这发满枝的梅香，可有这样一个人，默默地为她守候着？

这些李煜都不知，近日便是梦中，都很少见到他的娥皇了。他一定在怪自己吧！怪自己冷落她，疏忽她，才让她这么匆匆而去了吧！

可是怎么办呢？他们再也回不到过去了啊！

主人家如此伤心，可这梅枝却没心没肺地开放着，这鲜艳的颜色，刺痛着李煜的心，他忍不住写道：

失却烟花主，东君自不知。

清香更何用，犹发去年枝。

犹记得他与娥皇共同栽下梅树的情景，他们为了给树浇水，不辞辛劳地“乘月批星”，还为梅树扎了漂亮的“步障”，就是为了日后梅树长成之时，他们夫妻能相携着一同来赏梅。

可如今梅花依旧，那人却已不在身边。梅花啊！你的主人已经离去了，你竟然都不知道，纵使你开得再美、再香，若是无人欣赏，还有何用啊！

情到浓时不自知，那时他安然享受着大周后对他的好。她辛苦为他修复《霓裳羽衣曲》，复又亲自奏响琵琶教授宫娥弹奏，不知耗费了多少心血，才把这一瑰丽的歌舞盛宴，送到他面前。

他在沉醉之时，却忽略了她脸上的疲惫。她为她诞下两个麟儿，并且不辞辛苦地亲自教养……

她为他做过那样多的事情，他也总认为他们会这样恩爱到老。纵是他宫中佳人无数，而她在他心中始终是最重要的那个啊！

可她却那样走了，就像一朵盛开的花儿，陡然间满地落红，他手足无措地站在她的墓碑前，便是连一滴眼泪都流不下来了。

他不知好端端的一个人，怎就会变成了一块冰冷的墓碑，他想凭着记忆为她画上一幅画，可眼泪流得太过汹涌，打湿了一张张画纸，最终诗到最后不成行，一片伤心画不成。

秦楼不见吹箫女，空余上苑风光。粉英金蕊自低昂。东风恼我，才发一衿香。

琼窗梦醒留残日，当年得恨何长！碧阑干外映垂杨。暂时相见，如梦懒思量。

“秦楼”，是春秋时秦穆公女儿弄玉居住的地方。弄玉姿容绝世，明艳无双。精通音律，喜欢吹笙。秦穆公在宫中建造凤楼，供弄玉居住，凤楼前还筑有高台，名曰凤台。弄玉在梦中见到一位俊美的男子，骑着彩凤，落在凤台之上拿着一支红色的玉箫与弄玉合奏，那只彩凤就在一旁伴舞，美妙的乐曲使弄玉如痴如醉。

秦穆公四处派人寻找，把精通音律的萧史带回与弄玉结为夫妻。二人夫唱妇随，琴瑟和鸣，恩爱异常。

之后弄玉随萧史骑着彩凤去了华山，只在人间留下了一段佳话。

在这里，李煜以精通音律、善吹笙的弄玉代指同样精通音律、善弹奏琵琶的大周后。

弄玉能与萧史琴瑟和鸣，同去华山，天上人间比翼双飞。而他的娥皇却抛下他独自远去了，便是连她钟爱的烧槽琵琶都随着她长眠于地下了。只留下李煜一人，暗自垂泪。

他与娥皇何尝不是像弄玉和萧史一般，琴瑟和鸣，是爱人又是知己。令人惋惜的是，他没有办法如他们那般长相厮守，只能孤单地在瑶光殿中触景伤情。

秦楼之上，若是没有姿容绝世、明艳无双的弄玉，即便有皇家上苑这样的美好景色，终究也是没有灵魂的。瑶光殿中的花朵开得斑斓绚丽，那么美丽，花瓣是粉红的，花蕊是金黄色的，但花开花败都是它们自己孤芳自赏，因为没有人和我一起去欣赏，形单影只的我也不愿意去关注。或许是因为东风被我的情绪所染，也不高兴，所以才让这些美丽的花朵只开了一半。

因为整日陷入对你的思念之中，倚窗孤独凝视着眼前熟悉的场景，困倦后就昏然入睡，一觉睡醒的时候发觉夕阳已经西下。在梦中我又梦见了我们在一起的欢愉时光，可是梦醒之后又变成了一场空，我是多么不愿意醒来啊！心中的怨恨是何等的长久！

以前我与你并肩坐在垂杨下互诉衷情，如今垂杨还在而你已不知去往何处了。你我即使相见又如何啊！依旧是短暂如梦啊！

曾经意气风发的李煜出现在娥皇的葬礼之上时，已是形销骨立，目光呆滞，不拄拐杖已然是不能站立行走。心中得有多么的痛楚，才会把那样一位如清风霁月一般的男子，折磨得形销骨立。

就算是在梦中相逢又如何呢？恐怕也是尚未开口泪已落，他很想问问她可一切安好？可若她说不安好呢？他又怎能护她周全？

她若问他可安好呢？若是说不安好，她难免会心中难安；若说是安好，她怕是会心生怨怼。

所以思忖再三，还是相顾无言泪两行吧！情到深处无怨尤。

“当年得恨何长”，美好的爱情越是短暂便越是让你难以忘怀。

“碧阑干外映垂杨”，相聚时候的碧阑干，分手之时的垂杨，长丝绦，不曾有一刻忘却。

不思量，自难忘。相顾无言，唯有泪千行。越是思量，越是叫人痛苦难忘。

“暂时相见，如梦懒思量。”纵是短暂的相聚之后又能怎么样呢，还是要分别啊！既然始终是无奈，那便不去思量好了。

或许是大周后在李煜心中太过完美，才导致大周后逝去，让他难以释怀。

原本大周后就因为幼子仲宣不幸夭折而加重了病情，再得知李煜与小周后的情事以后被伤透了心，陆游在《南唐书·后纪传》中是这样记载的：“或谓后寝疾，小周后已入宫中。后偶褰幔见之，惊曰：‘汝何日来？’小周后尚幼，未知嫌疑，对曰：‘既数日矣。’后恚怒，至死面不外向。放后主过哀以掩其迹云。”想来对于李煜与小周后这段情事，大周后心中还是放不下的，便是离去之时，也是带着怨恨走的。

因此李煜才会对大周后的离去心怀愧疚，不能释怀。

在大周后病重期间，李煜心生负疚，朝夕陪伴在她左右。所有的膳食都是他亲自照顾的，便是汤药也要他亲自尝过以后再喂给大周后。冬夜寒冷，他也要夜复一夜地守护在娥皇身边，实在困倦了才会和衣而卧，“药非亲尝不进，衣不解带者累夕”。

可就算他竭尽心力地照顾着大周后，最后她还是带着怨怼，心中怨恨，至死面不外向地离去了。

自娥皇走后，李煜才知道她在自己心中的位置，可惜斯人已逝，余香幽远，那些与她有关的一切，也都烟消云散了。

爱也好，恨也罢！最后都变成了一股云烟。

李煜在悼文中引用了《诗经》中形容夫妻间相濡以沫的名句:“执子之手，与子偕老。”只可惜，当初写下这句话的人，他同样没有与爱人携手到老。

此时再读“兰因絮果”才明白，花落花开自有时，又岂是我们可以勉强得来的。

第二节　梦回芳草思依依

“江南好，风景旧曾谙。日出江花红胜火，春来江水绿如蓝。”白居易诗中的江南，青砖黛瓦、小桥流水人家，好一幅美不胜收的景色。

如此醉人的春色，迷了彼时娥皇的眼，她梳着“高髻纤裳”和“首翘鬓朵”的发髻，纤纤玉指端着碧绿的酒杯，把琥珀色的琼浆玉液，缓缓倒入朱唇之中，“微露丁香颗”，更是“笑向檀郎唾”。

不知道是春日的江南景色宜人，还是美人大多贪杯，抑或是金炉香、红锦毯，美人如云，奢华宫殿之中的景色太过醉人，这才让向来矜持的大周后有了些许醉意。

她端着酒杯，媚眼如丝地望着李煜说道：“郎君，奴可能邀您共舞否？”

醉酒后的娥皇脸色潮红，媚眼含情地凝望着李煜，脸上的笑容娇俏可人。她丹唇逐笑开，睫毛颤抖着羞合。如此风韵的娥皇让李煜满脑子里只剩下“风花雪月”四字，再也望不见其他。

他便宠溺地一笑，说道：“你若是能即兴写一首歌来，我便依了你。”

大周后不但“尤工于琵琶”，而且“采戏弈棋，靡不妙绝”。也就是说，她琴棋书画都是高手。可能在诗词方面她的造诣不如李煜，但那也是满腹才华，绝对是一流的文采。

因此大周后马上命人拿来纸笔，当场写就了一首《邀醉舞破》的曲子来，而且没有丝毫的停顿，笔法娴熟，下笔如有神。

这首曲子呈现在李煜面前之时，也让他大加赞赏。并且接受美人的邀请，与她共舞。

华丽的宫殿，唯美的琴音，宫娥如梦似幻的吟唱，加之怀中如仙娥一般的娥皇。她身上的香气与美酒的香味融合成一股别样的风情，让李煜迷醉其中，迟迟不愿意醒来。

这一场梦，一醉便是十年。等李煜陡然从美梦中惊醒之时，他的娥皇已经含恨撒手人寰，不肯再看他一眼了。

即使如此，娥皇在弥留之际仍说：“这一生最幸运的事情莫过于能幸运地嫁给他，有幸能与李煜做了十年的夫妻，她很欢喜。只是她马上便要离开人世间了，以后怕是无法回报李煜给她的恩情了。”

李煜听闻悲痛不已，她临死之前给自己沐浴更衣，嘴里含了一块美玉，安然离去了。就算是瑶光殿中悲痛欲绝的哭声，都没有让她再回头看一眼。

娥皇走的时候，悲痛的李煜写下多首悲婉的诗词来祭奠她，甚至为她形销骨立。只是词再好，逝去之人也不会再回来了。

一场醉了十年的美梦，终是清醒了。

瑶光殿中的繁华依旧，可斯人已逝。

李煜是多情之人，且心地善良，一方面顾念兄弟手足，另一方面又懂得怜香惜玉，便是对一个白头的宫女，心中都能生出疼爱之心，还专门为其写诗安慰。

这世间无情之人也恰恰是多情之人，因为多情，便无法专一地去宠爱一人，遇见心仪的女子便会心生泛滥之情。

古往今来，帝王之爱都如镜花水月一般，他可以给你宠爱，给你无上的荣光，唯一不能给你的便是唯一。

相比起其他宫中女子来说，大周后依然属于幸运的，入宫十年，帝王之爱久盛不衰，便是久病之时，亦有夫君陪伴在身边侍弄汤药。

“侬自肩如削，难胜数缕绦。天香留凤尾，余暖在檀槽。”娥皇活着的时候，李煜将这词题在琵琶背面，并将他最爱的烧槽琵琶送给她陪伴。

至此，宫中的琵琶声依旧，只可惜早已是物是人非。

逝去的大周后成为李煜心中永远的白月光。李煜自她走后，为她写下了许多感人肺腑的词作，如“凭栏惆怅人谁会？不觉潸然泪眼低”，又如“秋风多，雨相和，帘外芭蕉三两窠。夜长人奈何！”

而这首《喜迁莺·晓月坠》也正是李煜思念大周后时写下的。

晓月坠，宿云微，无语枕频欹。梦回芳草思依依，天远雁声稀。

啼莺散，馀花乱，寂寞画堂深院。片红休埽尽从伊，留待舞人归。

大周后虽然没能陪李煜到老，但她却把生命定格在最美的年华。她见过李煜年少时的意气风发，见过他为后主时的宽厚仁和。纵然她逝去以后，李煜身边还有许多的美女陪伴，但他始终记得那个善弹琵琶的结发妻子，她的美丽温暖，她的才华至今无人能及。

这一夜，他从一场清梦中醒来，在那场遥不可及的梦中，他复又重温了与大周后在一起时的欢愉。只是好梦易醒，那无边的思念又汹涌而来，像一把大手一般，揉捏着他的心房，疼得让他窒息。

窗外拂晓的月亮已经坠下了蓝天，幽深夜空之中的云雾已经逐渐淡去了，他独自倚着山枕，仍然没从那个清梦之中清醒过来。

连日来的相思也随着他入了梦，至于梦中的情形，他不愿意对任何人提及，也就没有人可以理解他此时的心境。他那可以容纳万物的心房，却装不下对一个女子的思念。他不愿意从清梦之中醒来，也只有那里才能寻到她的芳踪啊！不知不觉间，魂归梦里，情思依依。

哀鸿声声逐渐消失在天际，都说鸿雁传情，可这只鸿雁却没有给他带来任何书信。啼晓的黄莺在零落的花丛之中飞来飞去，只留下寂寞画堂的庭院深深，就算是落红遍地也莫要去打扫，让跳舞的宫人们把这些落红当作地毯。

三月的江南已是花红柳绿，瑶光殿旁的梅花开了又败。他与大周后的往事仿佛还在昨天，萋萋芳草像思念一般爬满了孤寂的坟茔，晓月西沉，暮云渐上，正是寂寞思念时。

虽然后宫之中仅闻新人笑，哪闻旧人哭，虽然年轻、俏丽的小周后终于可以堂而皇之地伴在君侧。虽然李煜也曾每每醉倒在温柔乡之中，但夜深人静之时，被他深埋在心底的思念，就像春草一般，快速地生根发芽，逐渐长成一棵参天大树，掩盖了所有虚无的繁华。

有的只是痛彻心扉的想念。

他本是君王，可以坐拥天下之爱，本应坐拥白玫瑰与红玫瑰，尽享齐人之福。

可惜，天不遂人愿，大周后芳华早逝，那些和她有关的一切都化为了一抔尘土，消失在岁月的尘埃之中。

昔日鲜活的枕边人，转眼就成了一具枯骨，这是多么残忍、多么让人难以接受。

虽然李煜早已见惯了生死，但亲手埋葬了发妻，对于他这种敏感、多情之人来说，越发显得悲凉。

“啼莺散，余花乱，寂寞画堂深院。”春天的黄莺散了，繁华落尽春天也接近了尾声。那飘飞的杨花、柳絮，像无根的浮萍一般，随着风，不知道被吹向了何方。

鸿雁渐远，莺啼散去，便连这花儿也跟着落了，就仿佛别处还有更热闹之处一样，争相逃离，想来是这画堂的庭院太过幽深和寂寞，便是鸟儿都不愿意再次多做停留了。

“片红休埽尽从伊，留待舞人归。”好花不常开，好景不常在，这春天将逝，片片残红零落，眼前的一切对于爱花之人来说是多么的残酷。

“晓月坠，宿云微。”于梦中醒来，长夜到了尽头，一场春雨，一地落红，李煜形单影只地负着双手，在这寂寞的画堂之中漫不经心地踱步。面对满地的落红，生出怜悯之情。

有眼尖的宫人怕这些落红弄脏了李煜的衣襟，忙着要打扫、清理，却被李煜忙声制止：“片红休埽尽从伊，留待舞人归。”他希望远去的伊人能赶在春天逝去之前回来，把这满地的花瓣留给她作为跳舞的红地毯。

这首诗写于大周后逝去之后的第一个春天，好景依旧，可已是物是人非。以前两人相伴之时，花好月圆，莺啼破晓。可如今只剩下他一人的时候，看花不是花，看景不是景。

春天将逝，伊人已逝，仿佛所有的悲凉都汇集到画堂深深的庭院中。

逝去的春天和逝去的美人一样，恰似一场沉醉不醒的清梦，终究无法再挽回。

第三节　留连光景惜朱颜

私以为，诗词之中有两种感情最是动人，一种是男欢女爱的悲欢离合，另一种则是手足之情。

“渭城朝雨浥轻尘，客舍青青柳色新。劝君更尽一杯酒，西出阳关无故人。”这是王维送友人去西北边疆时作的诗，之所以对它印象深刻，源于一个偶然的机会，听到了曹轩宾老师在《经典永流传》节目中所唱的这首《别君叹》。

而此曲正是改编自王维的这首《送元二使安西》，初春的渭城笼罩在一场绵绵的春雨之中，这雨沾湿了薄薄的烟尘，让客舍四周的柳树的绿丝绦都嫩绿得像新芽一般。

即将远行的老朋友啊！请你再干了这一杯美酒，你就要向西一路前行，等离开了阳关以后就很难再见到我们这样故旧的亲人了。

老朋友即将远行，远赴满是黄沙的塞外边疆，此行前路渺茫，不知何日才是归期。或许这一去便是永别，今生都没有再见的可能。

这首诗截取了送别的某些画面，没有从高朋满座、杯中美酒、心中不舍的情怀等处入手，只简单地写了劝酒的画面："兄弟，我们再来干一杯吧！等你离开阳关以后，便难以见到故乡之人了。"

老朋友即将远行，去往那语言不通、人迹荒芜的塞外边疆之地，途中的坎坷，以及所遭遇的磨难都可以预见，又怎能不让人揪心呢？

朋友的兄弟之情尚且如此，想来李煜当初送弟弟李从善前往宋地之时，他心中只会越发地悲戚吧！

郑王十二弟，便是李从善，他是中宗李璟的第七子，在家族之中排行十二，所以李煜口中的"七弟""十二弟"都是指的李从善。

因为南唐日渐衰弱，自李煜登基以后，北宋已经有了一统天下之心了，开始谋划消灭南唐、后蜀这样的小国，而李煜呢，并不为这些事情烦恼，仍在忙他的诗词。

许是在他心里，像他这等没有什么野心，也不会对其他国家造成威胁的帝王，只要他把诚意表达得足够了，北宋便不会生出吞并南唐的心思了。

为了保住这一世的繁华，他甚至表现得比李璟更加谦卑，上表给北宋朝廷，表示愿意永远臣服，并贬损仪制，以示尊奉宋廷。希望能以此谦卑的心态，来打动赵匡胤，让他能偏安一隅，享受这江南的富裕与宁静。

但"树欲静而风不止"，北宋很快灭了周边小国，矛头直指后汉。此时的李煜为了自保，在赵匡胤的授意下，给后汉国主刘伥写了一封言辞灼灼的劝降书。刘伥见到此书后勃然大怒，在斥责了李煜的软弱无能之后，扬言要与李煜断交。

李煜把两封书信都交给了赵匡胤，等于直接给赵匡胤提供了公然讨伐后汉的冠冕堂皇的理由。

在赵匡胤的强烈攻势之下，很快，后汉灭亡。等到了971年的时候，江南六国之中仅剩下南唐和吴越。这个时候，李煜才开始恐慌，主动去除国号，改称“江南国主”。

原本以为这样就能换来太平，谁知赵匡胤不久后便下令，让南唐后主李煜到汴京朝见。李煜担心自己去汴京以后被赵匡胤扣押，就派徐铉到汴京求和。谁知被赵匡胤一口回绝：“不须多言，江南亦有何罪，但天下一家，卧榻之侧，岂容他人鼾睡乎！”

无奈之下，李煜又派遣七弟郑王李从善前往北宋京师朝贡，上表奏请罢除诏书不直呼姓名的礼遇，赵匡胤假意允诺。等李从善到达汴京之后，赵匡胤直接把李从善扣留在了汴京，并封其为泰宁军节度使。

赵匡胤曾询问南唐旧臣潘慎修：“李煜真如传言一般，是个懦弱无能之辈吗？”潘慎修答道：“假如他真的昏庸无能，又何以能守住南唐十余年？”

徐铉在《吴王陇西公墓志铭》中也曾写道：李煜敦厚善良，在兵戈之世，而有厌战之心，虽孔明在世，也难保社稷；既已躬行仁义，虽亡国又有何愧！

想来，李煜所表现出来的所有“软弱”与“不求上进”也只不过是无奈之下的自保罢了。

面对北宋的虎狼之势，以南唐的实力实难抵挡，或许做出一番醉生梦死的模样，才能保南唐更长久一些吧！

这一场送别宴，成了李煜与李从善在江南的最后一场相聚。此后，生于帝王之家，在江南诗风词韵之中长大的李从善，最终远离故土，成了寄人篱下的“人质”，过着朝不保夕、苟延残喘的生活。

李煜虽然感到愤怒，却又不敢表达出来。此时南唐之人已经感知到亡国的危险，人人自危，终日惶恐不安。作为一国之君的他，一面要顶着北宋施加而来的压力，一面还要安抚南唐的大臣、百姓。

或许只有后宫之中的歌舞升平、莺歌燕舞才能让他惶恐的心里有片刻的安宁。

因此他照常写诗，照常宴会，教坊之中的歌舞更加精彩，便是庙堂中的香火都比以往盛了许多。

南唐街头，宝马香车，毂击肩摩络绎不绝。

这一切像极了黑夜来临之前的最后狂欢，想把这江南的富庶与繁华永远地留在心中。

或许，李煜心中还抱有最后一丝幻想吧！他于某个午夜的黄昏，从奢华的宴会之中抽身而出，望着故国的圆月，一时悲从中来，仿着深闺妇人的口吻，写下了这样一首委婉含蓄的词：

东风吹水日衔山，春来长是闲。落花狼藉酒阑珊，笙歌醉梦间。

佩声悄，晚妆残，凭谁整翠鬟？留连光景惜朱颜，黄昏独倚阑。

微凉的东风吹皱了一池春水，落日与远山相连接，春天虽然很美，但这美景太过持久，也会让人心生烦恼。庭院之中落花堆积，一片狼藉，很难想象曾经那么美的花朵，衰败之后竟让人感觉如此的凄凉。

逐渐失了酒兴，看着眼前的歌舞升平，感觉就像在醉梦之中没有醒来一般。

天色已晚，因为醉酒，妆容凌乱不堪，但因为没有人欣赏，谁又有心思去梳妆整理呢！“女为悦己者容”，若是连个赞赏之人都没有，想来做什么事都觉得无趣吧！

时光易逝，容颜易老，就像是一朵没有人欣赏的春花一般，逐渐地凋零老去。因为无人陪伴在身侧，只能在黄昏的时候独自倚栏凭眺了。

以“东风吹水”起篇，虽然较为生动，却不如冯延巳那句“风乍起，吹皱一池春水”的意境。“日衔山”寓意夕阳西下，夕阳斜照在山林之中的壮美之感。结合李煜当时的心境，此时应含有“夕阳无限好，只是近黄昏”的感慨。

“春来常是闲”，诗中女子因为“闲”来无事，所以观察细微，便是连夕阳余晖照射下的景致，都引起了她的感慨。可能这一天她都这样无所事事，只能通过这些身边景物发生的变化，来感知时间的流逝。

观赏落花，饮酒解闷，倚栏凭眺，这是她一天中能做的所有事情。所以这里所谓的“闲”字，却不是“因过竹院逢僧话，偷得浮生半日闲”的这种悠闲，反而是一种整日无所事事的空虚寂寞与寂寥。

“落花狼藉”，虽然描写的是眼前的春景，但她真实的生活写照又何尝不是如此？每日里醉生梦死也不过是糊涂地过一日算一日罢了。

“佩声悄”，诗中女子醉意未消，慵懒地舒展着腰肢。

“晚妆残，凭谁整翠鬟”，因为醉酒，妆容都有些花了，但因为无人欣赏，谁还有心思去梳妆啊！

“留连光景惜朱颜”，时光飞逝，青春不再。春光虽好却无人欣赏，朱颜亦是如此，明明正值青春华年，却因为无人欣赏只能暗自凋零了。

这种种的心事，虽是借女子伤春闺怨的口吻说出的，但这些又何尝不是李煜心中所想？

春光尚好，原本是文人墨客争相吟诵的最佳时刻，但李煜却觉得无心寻春，无心赏花。遥想以前春日之时，他与佳人相邀，花前月下，美酒佳肴，歌舞升平好不热闹。

可如今这热热闹闹的春色，在他眼中竟然有了“春来长是闲”的感觉。

“黄昏独倚阑”，黄昏已至，就算是凭栏远眺，那人仍是毫无归期。

迟迟不归的人是谁呢？自然是郑王李从善了。就算是李煜望断天涯路，他亦是无法归来了。

不是他不愿意归故里，实则是归心似箭，偏又归不得，只能每每于梦中才能回归故里吧！

想到这些，李煜就感觉心中充满了愧疚之情。但他偏又无可奈何，他亦曾卑微地去请求赵匡胤，希望他能放李从善归来，但都被无情地拒绝了。

据史料记载，思夫心切的郑王妃时常进宫找李煜哭诉，面对如此哀切的郑王妃，李煜却无从安慰，只能每每避让。

这篇《阮郎归・呈郑王十二弟》似以郑王妃的角度去描写对李从善的思念，因为他不归，便觉得时光易逝，容颜易老，空守着似锦的繁华，亦是“晚妆残，凭谁整翠鬟”。

第四节　离恨恰如春草

郑王李从善出使宋朝，一去不返，李煜处于内忧外患之中，心情烦闷。便是连旖旎奢靡的宫廷生活，都觉得无趣了。

便是教坊之中最美的宫娥，最动听的歌喉，都无法抚平他心中的烦忧。宫廷之中的繁华热闹，也掩饰不住他此时的孤独寂寥。

李煜为李从善写下了一阕又一阕的诗词，来抒发心中的思念之情。那一句句泣血般的诗词，让人读来都觉感天动地。

但他的这一番思念之情，却无法直接传递给远在北宋的李从善，又怎能不让他心生烦忧。

又或许，李从善也曾读到过这些诗词，从这些诗词之中感受到了李煜的牵挂。但他们相隔两地，路途遥遥。

一个是宋朝案板上的鱼，任人宰割；另一个是宋朝垂涎许久的肥肉，四面楚歌。所以他们虽为亲兄弟，却也只能似个妇人一般，哀怨地思念对方，而遥遥不能相见。

这时，窗外传来阵阵雁鸣之声，但这只鸿雁却没有带来他期盼已久的家书。

古往今来，诗人墨客吟诵鸿雁的诗词数不胜数。“鸿雁”本身就是“信使”“佳音”的代称。

乡书何处达，归雁洛阳边。(王湾《次北固山下》)。

雁尽书难寄，愁多梦不成。(沈如筠《闺怨》)

雁声远过潇湘去，十二楼中月自明。(温庭筠《瑶瑟怨》)

一别两宽，却无法各自欢喜。词句虽是描写夫妻、情侣之间的关系，但此时用在李煜和李从善身上也不为过。就算他们相互思念又怎么样呢？也没有鸿雁能为他们传递往来的信件，互道一声安好。

李煜既然让郑王李从善出使北宋示好，自是不会空手而去。南唐本就是富庶之地，为了表达诚意，李煜挑了各类奇珍异宝，装了满满几大车，再由李从善前往北宋朝贡，希望借此保住南唐的一亩三分地。

对于李煜的朝贡，赵匡胤不但愉快地收下了，还把李从善扣押在北宋。

李煜也曾多次给赵匡胤写信，希望他能放归李从善，但都遭到了赵匡胤的拒绝。

赵匡胤给李煜回信说道：“从善多才，朕将重用，当今南北一家，何分彼此，愿卿勿虑。”

接到赵匡胤的回信，李煜心中越发忧惧。

在此之前，南唐有个叫樊若水的男子，因屡次考进士而不中，因此而怨恨南唐朝廷。他假借在长江钓鱼为由，来往于采石矶（马鞍山采石矶）一带，暗中将长江的地形绘制成详细的地图，然后带去投靠北宋。

赵匡胤对这份地图很是看重，按照樊若水的建议在荆州赶制了数千艘的黑龙船和大竹排，准备将来攻打南唐渡江时所用。

造几千艘大船出来，必定会有很大的动静。当时南唐有个爱国商人敏锐地察觉到了此事后，快马加鞭来到了金陵，把北宋秘密建造船只、企图攻打南唐的事情向李煜禀告了一番。

并且献策道："若是陛下准许的话，我愿意秘密前往北宋的造船处，神不知鬼不觉，一把火烧光他们的大船。"

但李煜此时只想极力自保，不愿意主动去招惹北宋，便断然拒绝了这位商人的提议。

正因如此，南唐上下人心浮动，终日惶恐不安。

在这样的背景之下，李煜生出直降身份、主动求和之心。为了聊表诚意，还让李从善带去自己的亲笔书信一封，在信中极力向宋朝示好。

971 年，李煜在金陵与李从善依依惜别。李煜把所有的希望都寄托在李从善这次出使上，希望他能带回宋朝答应求和的好消息。他又哪里会想到，李从善这一去，便没有了归期。

马蹄声声踏碎了南唐春日的宁静，李从善带着李煜的殷殷嘱托离开江南的江面渌和满城飞絮。

从此山月不知心里事，独倚望江楼，过尽千帆皆不是，斜晖脉脉水悠悠，肠断白蘋洲！

次年闰二月，赵匡胤又封李从善为泰宁节度使，并且赏赐了他府邸与各色美女。

赵匡胤所做的一切，让李煜误认为北宋或已经接纳了他的委曲求全，想来对他的直降身份，赵匡胤依然是默许了。

只是在他看不到的地方，北宋的攻城准备依然在井然有序地准备着，赵匡胤所做的一切，也不过是暂时麻痹着心存侥幸的李煜罢了。

李煜在南唐寝食难安，忧心国事，又为李从善担忧，生怕他在北宋受尽苛待。

据陆游《南唐书》卷十六《从善传》载：

> 从善，字子师，元宗第七子。……开宝四年，遣京师，太祖已有意召后主归阙，即拜从善泰宁军节度使，留京师，赐甲第汴阳坊。……后主闻命，手疏求从善归国。太祖不许，以疏示从善，加恩慰抚，幕府将吏皆授常参官以宠之。

由此看来，李从善在北宋的日子，除了精神上受到折磨以外，物质上并没有多凄楚。

但以李煜那颗多愁善感又良善的心来看，郑王李从善明明应该待在南唐享受荣华富贵，却偏偏代他去了北宋那样的虎狼之地。他形单影只、孤身一人，整日要与宋人斡旋，人在屋檐下不得不低头，又怎能不让人心生酸楚呢！

别来春半，触目柔肠断。砌下落梅如雪乱，拂了一身还满。

雁来音信无凭，路遥归梦难成。离恨恰如春草，更行更远还生。

这一年的春天，在李煜的惴惴不安与“泣下沾襟”中姗姗而来。江南在春色的渲染下越发显得旖旎瑰丽，秦淮河两岸花红柳绿，杨花飞舞。

苏轼在《水龙吟·次韵章质夫杨花词》中写道：“似花还似非花，也无人惜从教坠。……细看来，不是杨花，点点是离人泪。”

它看起来像花，却又仿佛不是花，无人会因为它的飘零、坠落而感到怜惜。杨花离开枝头四处飘零，看起来很无情，可是谁又知晓杨花的愁思呢？……仔细看来，那漫天飘飞的不是杨花，点点都是离人因为分别的愁苦眼泪啊！

这杨花就如辗转飘零在北宋的李从善一般，离开富庶的江南非他所愿，留在虎狼之地亦非他所愿。他就像一枚随风飘舞的杨花一般，下一站去往哪里，永远都不是他所能控制的。

春水碧于天，皓腕凝霜雪，满江鸭绿弄残红，秦淮河两岸花红似火，鹧鸪声声啼。

“梧桐叶上三更雨，叶叶声声是别离。”自离别以来，转眼之间，春天已是过半，这满地残红的凄凉景色撩起寸断柔肠。重重台阶之下飘落的白梅花瓣在春风之中像雪花一般飞舞，才将这些花瓣拂去，不知不觉又沾满了衣襟。

鸿雁声声，却没有将期待的书信传来。此去路途遥远，有家不能回。心中的离愁别绪就像春天的野草一般在疯长，绵绵不尽。

这首《清平乐·别来春半》，起句一个“别”字抒发了李煜心中的离愁别绪和怀念之情。

“如雪乱”形容梅花残如雪，在春风之中零落不堪，就像惨淡的命运一般，无法左右自己的人生。

“拂了一身还满面”，挥不去的离愁别绪，像梅雪一样堆积在心里，才将将扫去一层，复又落满了新的愁绪。

李煜久久伫立在梅树之下，这梅树也许是瑶光殿之中，他与大周后一同栽下的那棵，又或者仅是唐宫之中墙角数枝梅中的一棵，因为久未有人欣赏，便是零落了也无人知。

白色的花瓣落在李煜身上，让他与梅花好似浑然一体，梅花因为无人欣赏而黯然落下，他因为花落人亡两不知而感慨万千。或许他与梅花都还记得昔日那些欢愉的时光，只可惜物是人非事事休，欲语泪先流。

“雁来音讯无凭”，远方的鸿雁都已经归来了，而人却未归。

“路遥归梦难成”，路途遥远，极难归来。书信未来，归梦亦难成，心中便只有满腹的愁绪了。

“离恨恰如春草，更行更远还生。”心中的离愁别恨恰如春草一般，延绵不断地催生着，距离越远，这种愁恨便越是生长。

“吾家嫁我兮天一方，远托异国兮乌孙王。穹庐为室兮旃为墙，以肉为食兮酪为浆。居常土思兮心内伤，愿为黄鹄兮归故乡。”这首《悲愁歌》是汉朝和亲公主刘细君在乌孙时写下的。

表达了刘细君在远嫁乌孙之后，生活上的不习惯和思念故土的愁苦之心。

汉朝自打通河西走廊以后，打算着手管理西域，当时西域的一个小国乌孙国想要投靠汉朝，受到了匈奴的威胁。因此乌孙王昆莫提出想要与汉朝联姻，以此来震慑匈奴。

经过一番周折之后，汉武帝选中刘细君作为和亲远嫁的公主。

乌孙王昆莫以千匹骏马作为聘礼迎娶刘细君做了乌孙王的右夫人，两年之后，乌孙王去世，其孙子岑陬即位。按照乌孙的风俗，旧王的妻妾都应嫁予新王。刘细君不愿意，写信给汉武帝请求回国，却遭到了汉武帝的拒绝，让她谨遵乌孙风俗嫁给新王，完成联络汉朝和乌孙两方共同抗击匈奴的大业。

刘细君无奈之下只能嫁给了岑陬，一年后生下一个女儿，不久后就郁郁而终，死时年仅 29 岁，在乌孙生活了 4 年。

刘细君到死都在盼望着能归汉，可惜只能葬于异乡，魂归故里。

刘细君作为女子，无法掌控自己的命运，令人哀叹不已。

李煜多希望郑王李从善，不做随风飘摇的梅花，能托鸿雁捎回即将归南唐的信件，来安慰他这颗日渐忧虑之心。

他虽曾多次上书，要求让李从善归来，但都所求未果，只能站在落花之下哀叹一声“路遥归梦难成”。之所以归梦难成，实则是因为南唐风雨飘摇，而北宋日益强大，亡南唐之心不死。

就算身为君王，李煜心中也生出许多的无力感，原来国家不够强大，一味地贪图安逸，只会让更多的亲人离散，生死不复见。

李煜心中堆积的这些愁绪，像梅花的花瓣一般，一片片落下，“拂了一身还满面”；像春草一般延绵不绝，只是哪怕望断了天涯路，那人仍是不知归期。

第五节　辘轳金井梧桐晚

晏几道在《思远人·红叶黄花秋意晚》中这样写道："红叶黄花秋意晚，千里念行客。飞云过尽，归鸿无信，何处寄书得。泪弹不尽临窗滴。就砚旋研墨。渐写到别来，此情深处，红笺为无色。"

树叶转变成红色，金菊遍地开放，不禁想起了远在千里之外的游子。天边的彩云向更远的方向飘去，归来的鸿雁也未曾捎回他的信息，也不知道游子身在何处，想要给他寄一封信也做不到。

心中越是失望，就越是想念，伤心人在天涯，倚着窗前暗自垂泪不已，泪水滴进砚台之中，我便用眼泪来研磨给你写一封书信吧！把我与你的点点滴滴都写进信中，一直写到我们离别之后。

情到深处无怨尤，泪水更是汹涌而出，滴到信笺上，竟然把红色的信笺都洇湿了，泪水染褪了信纸的颜色，斑驳得就像我此时的内心一般。

多愁善感之人最喜伤春悲秋，看到春花正茂，便会想到百花零落后的凄凉；看到秋天的硕果，便会想到深秋萧瑟的凄楚。

“何处合成愁？离人心上秋。”想来，于离人而言，秋天的萧瑟之色，比花开花落更让人感觉凄凉。

陆游说：“残年孤寂不禁秋，醉自凄凉醒更愁。富贵空成守钱虏，吾今何止百宜休。”柳永亦说：“多情自古伤离别，更那堪，冷落清秋节。”杜甫复又说：“万里悲秋常作客，百年多病独登台。”

诗人常年漂泊在外，距离家乡足有万里之遥，每每午夜梦回，便感觉思乡心切，那思念像被啃噬了一般，痛入骨髓。面对这样的秋景，内心感到无比伤悲。一直以来被疾病缠身，今日一个人独自登上这座高台，极目眺望，只见前路芳草萋萋，哪里还有回乡的路啊！

当然，这些咏秋的诗句也不尽然都是忧伤，刘禹锡的《秋词·其一》便这样写道：“自古逢秋悲寂寥，我言秋日胜春朝。晴空一鹤排云上，便引诗情到碧霄。”

刘禹锡的这首《秋词》一反文人墨客争相悲秋的腔调，一反常态地讴歌了秋天的美好。更难能可贵的是，这首诗作于他被贬朗州后，越发让人敬佩他为人处世的豁达、开朗的情怀。

自古以来，文人墨客都喜欢悲叹秋天的萧瑟、悲凉，我却想说，秋天的美丽远胜于春天。你看那秋高气爽，一只仙鹤排开云层扶摇而上，引发我的诗情也跟着冲上了云霄。

是谁说人在逆境之中只能感受到凄凉与伤感，你看那仙鹤排开云层便可以冲上云霄，所以人在逆境之时，越发要保持豁达、开阔的心境，等待机遇来临之时，再一飞冲天。

想来刘禹锡这种豁达的心态，李煜此时是完全感受不到的，自打李从善出使北宋不归以来，他便感觉心中郁结不已，这件事情就像是一根刺一样扎在他的心上，随着呼吸不断地疼痛。

还是这样的秋天，辘轳金井以永恒的姿态安静地立在庭院之中，秋风吹过梧桐，黄叶飘满阶，好一幅萧瑟、凄凉的景象。

李煜妄想偏安一隅，以此来换一场富贵、安宁，为了讨得北宋的欢心，他送去多少珍贵的礼物，写了多少封言辞恳切、语调卑微的亲笔书信。

想来以李煜的才华，那书信也定然是写得情真意切，华丽无比，让观者动容。

可惜读到他亲笔书信之人，不是深锁在后宫等他临幸的庆奴，不会因为他华丽的辞藻，就生怜悯之心。

辘轳金井梧桐晚，几树惊秋。昼雨新愁，百尺虾须在玉钩。

琼窗春断双蛾皱，回首边头。欲寄鳞游，九曲寒波不泝流。

“金井梧桐秋叶黄，珠帘不卷夜来霜。”王昌龄在《长信怨》中如是写道。梧桐叶上三更雨，叶叶声声都是别离音。

此首《采桑子·辘轳金井梧桐晚》仍以闺怨体为主，诗人以“卷帘人”这一女性视角来传情达意。

说起“卷帘人”，不得不提及李清照的《如梦令》：“昨夜雨疏风骤，浓睡不消残酒。试问卷帘人，却道海棠依旧。知否，知否？应是绿肥红瘦。”

李清照这首《如梦令》是“天下称之”的不朽名篇，昨夜雨疏风骤，虽然睡了一夜仍是觉得宿醉未醒，词人因为担心院内的海棠，便询问正在卷帘的丫鬟，外面的海棠如何了？

丫鬟漫不经心地往外面看了一眼，答道：“海棠依旧。”

词人不禁皱眉说道：“你这个粗心的小丫头啊！你可知道，经过这一夜的疏雨骤风，院里的海棠该是绿肥红瘦之时，又怎么会海棠依旧啊！”

李清照这首小令有场景，有对白，有人物，把词人伤春悲秋之情描写得淋漓尽致，可谓词意隽永。

而李煜这首《采桑子·辘轳金井梧桐晚》也以“卷帘人”的视角，去看这辘轳金井、落叶满地、韶华渐逝的悲凉秋天，想来此“卷帘人”自是不同于李清照词中的那个“卷帘人”，应是别有一番心境在其中。

又到了深秋时节，在辘轳金井的旁边，梧桐树叶落满地，一片凄凉。树木的颜色到了秋天就会改变，人也会因为看到了秋色而心生愁怨。一手扶着百尺珠帘，望着窗外的细雨蒙蒙，旧愁尚未散去，便又添上了新愁。

深闺之中的思妇独自守在琼窗前，望见满目的秋色，想到自己韶华渐逝，偏偏心愿难成，不禁紧锁双眉，愁上心头。那偏僻遥远之地，远人杳无音信。想要写上一封情真意切的书信，来挽回他的心意，可是波浪滔滔，山高水长，路途遥远，就算是写信又该怎么样寄出呢？只能在孤独寂寞之中苦苦坚守。

辘轳、金井、梧桐，这首词以此三景开篇，虽为咏物，却也别有一番深意在其中。“辘轳”是水井边汲水的工具，而一般汲水之事，多为女子所为。而“金井”边多为女子怀人之地，在古代的时候，井边常有梧桐树，女子汲水之时，看着上下翻滚的辘轳，联想到自己忐忑不已的内心，又看到满地枯黄的梧桐叶，才暗自惊觉，又是一年秋来到！

“几树惊秋”，原本应是人惊秋，这里却用“树惊秋”的拟人手法来表述，将凄凉的秋景与女子悲凉的内心完美地结合在一起。

“昼雨如愁”，下了一天都没有停歇的细雨，就像人心头的愁绪一般，无边无际，毫无止境。

“百尺虾须在玉钩”，精美的珠帘挂在玉钩之上，向外望去，只看到雨丝蒙蒙，一如诗人心中迷茫的未来。

“琼窗春断双蛾皱”，倚在琼窗之上，蹙着蛾眉，感叹春去秋来，韶华不再，时光渐逝，远人毫无消息，任凭怎样地思念，都无法邀他入梦来。

“九曲寒波不泝流”，山高水长，道路遥远而曲折，便是想要写一封书信，也是无法传递，心中充满了无限的酸楚之情。

木心说：“从前的日色变得慢，车，马，邮件都慢，一生只够爱一个人。”这漫长的思念被遥远的距离所阻隔，便是想写一封信给那人，也变成了一种奢望。

诗中卷帘人思念远人的心境，又何尝不是李煜思念李从善时的心中所想？自江南一别，兄弟二人从此天各一方，再也无法似从前一般，月下击节唱和，殿内舞文弄墨，只能压下满腹的相思之意，唯有写一首词不达意的诗句，来慰藉内心的悲痛与愁苦之情。

虽然从日后的表现来看，南唐朝中“守常充位”的大臣实则占了大多数，但也还是有一些大臣，对于目前的形势提出了反对因循苟且的想法，其中就以林仁肇等人为代表。

林仁肇时任南都留守兼侍中，并且在南昌训练出十万水军，锐不可当。因此他向李煜提出趁着北宋连年征战，帅老兵疲的时候，趁机出兵夺取江北南唐失去的旧地。

但李煜见北宋接连攻下周围小国，势如破竹，一心想依靠委曲求全来保护南唐，又怎么敢主动发兵攻打北宋，因此拒绝了林仁肇的请求。

虽然李煜并不相信林仁肇的水军能够取胜，却有另外一个人把他视为眼中钉肉中刺，之所以迟迟没有攻打南唐，也正是因为有林仁肇的水军驻守着南唐。

北宋虽有匆忙修造的千艘大船，又怎么能跟林仁肇水战经验丰富的十万雄师相比。因此开宝五年（972）的时候，赵匡胤就开始密谋，终于利用反间计除去了林仁肇这一攻打南唐的阻碍。

说起这出反间计，还得从李从善入宋以后说起。

赵匡胤派人将林仁肇的画像挂在汴京皇宫之中，并告诉南唐使臣李从善：“仁肇将来降，先持此为信。”

接着赵匡胤又指着一栋府邸说：“将以此赐仁肇。”

李从善赶忙写了一封密信，将他在北宋皇宫之中的秘密所见偷偷告诉了李煜。然而李氏兄弟竟然没有识破赵匡胤的这出计谋，最后鸩杀了林仁肇。

林仁肇遇害的那年冬天，李煜又先后将李平、潘佑投入大狱，结果导致潘佑自杀，李平被缢死狱中。中书舍人潘佑曾上书：“极言时政，凡七章不止。有‘家国阴阴，如日将暮’之辞，国主恶之。”可怜竟落得如此凄凉的下场。

时至来年，赵匡胤已经完成了攻打南唐的所有部署，他逼迫李从善写下了邀请李煜入朝觐见宋朝天子的书信。

赵匡胤虽然说：“朕将以仲冬有事圜丘，思与卿同阅牺牲。”但有了李从善一去北宋就不复返的前车之鉴，李煜又怎肯相信赵匡胤的这番承诺。

虽然李煜一直对北宋表现得谦卑异常，可这一次却又无比坚定自己的想法，不但没有给李从善回信，复又修书一封，请求赵匡胤放李从善回南唐。

没有了林仁肇的南唐对于赵匡胤来说，已经失去了唯一能与之抗衡的筹码，所以对于李煜的来信，赵匡胤仅仅一笑了之。

不仅如此，他还派遣大臣梁迥出使南唐，对李煜继续施压。面对北宋的一再逼迫，李煜只能节节退让，在面对梁迥的追问时，他顾左右而言他，在梁迥离开南唐的时候，为了防止自己被挟持，李煜躲在深宫之中没敢露面。

或许李煜认为，在这乱世之中也唯有他的后宫是安全的了，可是，他忘了，“覆巢之下无完卵”，国若破了，家又何在？

如今北宋羽翼丰满，南唐又失去了最后的倚仗，而李煜又多次忤逆赵匡胤邀请他前往汴京，想要杯酒释兵权的想法。

李煜所做的一切，都在挑战着赵匡胤的极限，他一面积极备战，一面继续派遣使者对李煜施压，麻痹南唐的防备心理。

北宋使臣李穆在对李煜的威逼、劝诫之时，态度蛮横地说道："古训曰，识时务者为俊杰。看来国主入朝，势在必行……不然，天子发怒，则将挥师渡江，犁庭扫穴。到那时，国主追悔莫及。"

面对宋朝使者的威逼、劝诫，李煜虽不敢直言对抗，却平和坚决地回绝道："臣事大朝，冀全宗祀，不意如是，今有死而已。"言下之意是，我李煜一个人忍辱谦让，以小事大，臣服于北宋，不过是为了保全我江南的半壁江山和李家的社稷宗庙而已。若是你们北宋连这一点都不能容忍，一再以武力威逼的话，那我也只有横下一条心来，与你们拼个你死我活了。

李穆回朝后，把李煜称病不愿意前来汴京，以及李煜所说的这些话都复述给了赵匡胤听。

赵匡胤听后勃然大怒，看来他一心想要和平迫降的计划落空了，只能继续调兵遣将，以图日后用武力来征服南唐。

在这样一个秋天，送走北宋的使臣，南唐与北宋之间的关系已经呈胶着状态，大战一触即发，未来缥缈不定。

其实在南唐之前就有吴越王献土归宋的先例，若是李煜主动归宋，日后作为宋朝的一个闲散王爷，许是就不会发生后面的一系列悲剧了。

但就李煜的性格而言，虽然他没有治理国家的旷世才能，但是他却有身为文人的一身傲骨。他并没有因为大敌当前而选择忍辱偷生，反而选择玉石俱焚，用一身傲骨与北宋的强敌对抗，便是化作历史上的一缕青烟，也散发着自由的芬芳。

当初李煜选择改名“煜”，“日以煜之昼，月以煜之夜”，这便是他希望可以照耀苍生的意思。他从骨子里就希望，南唐能在他的仁政之下，和平安详，让百姓得以在他的庇佑之下繁衍生息。

面对北宋的步步紧逼，焦虑、忧心、盼归等忧虑积压在李煜的心头，望着窗外缠绵的雨丝，李煜像深闺之中的“卷帘人”一般，久久伫立在窗前，放飞自己的目光，越过高高的宫墙，眺望着远方自由自在的那朵云。

对于自由的向往，是李煜期待已久的，从那时对渔父的“一壶酒，一竿身，快活如侬有几人”的向往开始，到如今面临进退两难的境地，都不是他能做出选择的。

他的一生都被历史滚滚向前的车轮推着往前走，自由于他而言，注定无缘。

他的满腹心事，却无法与后宫之中的宫娥倾诉，哪怕在面对小周后之时，他亦是要满面春风，和颜悦色，将这些纷争烦扰都敛在眸子深处，轻易不去碰触。

只是绵绵的秋雨像是勘破了他外表的坚强，吹起满地梧桐的落叶，在他寂寥的心中掀起了波澜。

如今的李煜有了那种身在高位的孤独与无力感，他的身后空无一人，没有任何倚仗，他的兄弟远在遥远的汴京，别说是心里话了，就连一封书信都没有办法传递。

原本他是有所倚仗的，可是在赵匡胤的离间计之下，他亲手斩断了自己的左膀右臂，才落得今日的形单影只，这岂不就是“欲寄鳞游，九曲寒波不泝流”吗？

这一切终是逼得李煜不得不选择面对现实，他虽然做好了亲自挂帅迎战宋军的打算，但他优柔寡断的性格，又让他心中对赵匡胤还抱有最后一丝幻想，遂派遣另一个弟弟李从镒继续向宋朝纳贡，企图以此换取短暂的和平。

面对南唐和北宋如此胶着的时局，李煜恰如惆怅的“卷帘人”一般，手挑着珠帘，哀叹一声：“该来的，总是会来的。”

第四章　感时花溅泪，恨别鸟惊心

离人的眼泪是一捧飘飞的柳絮，仅需一阵春风，便吹得无影无踪。胭脂雪、梨花泪，独自踩着月光凭栏远眺，故国不堪回首，小楼昨夜东风，晨雨暮风，吹散了几多愁……

第一节 空持罗带，回首恨依依

樱桃的栽培已经有三千多年的历史了，因其先于其他百果早熟，所以也作祭祀祖先之用。《史记·叔孙通列传》曾有记载：孝惠帝出离宫，叔孙通曰：“礼，春有尝果，方今樱桃熟，可献，愿陛下出，因取樱桃献宗庙。”上许之，诸献果由此兴。

后来樱桃也被用来赏赐大臣，古人在吃樱桃的时候也十分讲究，通常会摆出金盘、玉盘、金箸银匙等物件，与红色的樱桃相映成趣，营造一种视觉上的盛宴。

欧阳修曾在《再至汝阴》中这样写道：“黄栗留鸣桑葚美，紫樱桃熟麦风凉。朱轮昔愧无遗爱，白首重来似故乡。”冯延巳在《采桑子·小庭雨过春将尽》也曾有云：“小堂深静无人到，满院春风，惆怅墙东，一树樱桃带雨红。愁心似醉兼如病，欲语还慵。日暮疏钟，双燕归栖画阁中。”

唐代诗人丘丹曾这样写道：“忆长安，四月时，南郊万乘旌旗。尝酎玉卮更献，含桃丝笼交驰。芳草落花无限，金张许史相随。”在四月的某一天，长安城中的皇帝率领百官千骑，来到南郊的芙蓉园赐宴，席间盛满美酒的玉杯不断地敬献，装着新鲜樱桃的丝笼不断地被送上来。在这芳草碧绿落英缤纷的季节，君臣开怀畅饮，真是令人难忘啊！

《礼记·月令》中曾有记载：“是月（仲夏之月）也，天子乃以雏尝黍，羞以含桃（樱桃）先荐寝庙。”原本樱桃成熟的季节，正是李煜策马扬鞭带着百官千骑，踏青赐宴、祭祀祖庙的时节。

可如今呢，国不是国，家亦不是家，便是一树的樱桃，没等他去品尝，也悉数凋落了。

自李穆走后，李煜知道战争已不可避免，他也曾豪言壮语地说道：“一旦宋军前来攻击南唐，孤定当身披战袍，身先士卒，亲自督师，背城一战，以保南唐的千秋社稷。如果不幸兵败，孤便自焚而亡，绝对不会做他国之鬼。”

然而这番话传到赵匡胤耳朵里的时候，他不禁大笑不已，对着百官说道：“这番话不过是文人所说的气话罢了！李煜也就是嘴巴硬而已，他怎么会有这样的豪情壮志。若他真能做到这样，也就不会有孙皓、叔宝做降虏了。”

赵匡胤这番话虽然刻薄，但后来发生的一切，也确实如赵匡胤所说。看来赵匡胤已是非常了解李煜的性格了。

然而李煜仍然在心中对赵匡胤抱有一丝幻想，他一面命人加强金陵的守备工作，一面派另一个弟弟李从镒出使北宋，进献帛二十万匹，白银二十万两。又派遣大臣潘慎修出使，贡献宴钱五百万两，帛一万匹。

后来李煜听说北宋依然准备出兵攻打南唐的时候，又连忙表奏愿意领受爵号，希望以此来延缓宋军攻打南唐的时间。

李煜心中一直对赵匡胤抱有幻想，直到宋军兵困金陵。

974 年秋天，宋军开始正式进攻金陵。

在两国开战之前，李煜曾派遣徐铉为使节，出使宋朝，希望说服宋朝退兵。赵匡胤在接待徐铉之时，徐铉不断夸奖李煜多么仁慈，多么有才华。

赵匡胤深不以为然，徐铉不顾君臣之礼，脱口而出："不知道陛下有什么高明之篇，我愿闻其详。"

赵匡胤笑着说道："朕为布衣之时，某夜偶于田间散步，忽得一联：'未离海底千山暗，才到中天万国明。'卿以为如何？"这两句是咏太阳的诗句，大气磅礴，意思是在太阳没有离开海底的时候，看到的千山都是黑暗的，等日上中天之时，大地都会是一片光明之色。

当时使臣徐铉细细品味这两句诗，也被赵匡胤的胸怀所折服。

就在徐铉出使宋朝，企图说服赵匡胤的时候，宋朝的大军已经势如破竹地攻打着南唐。赵匡胤经过十年的充分准备，造千艘战船、训练水师、囤积粮草、刺探敌情，早就对南唐这边的情况了如指掌了。

再观南唐这边，自林仁肇被后主一杯毒酒赐死之后，南唐所属将领多为新进青年，只会纸上谈兵，并无实战经验。部队的组成也是五花八门，有新擬军、拔山军、凌波军及白甲军等总计 13 种军队，是名副其实的杂牌军。

南唐此时士兵不少，将士士气很高涨，可是却如同一盘散沙，不堪一击。等到宋军把金陵城团团围住之时，因为宋军主帅曹彬没有下令即刻攻城，所以后主还被蒙在鼓里，以为天下太平，他南唐的兵将能将宋军阻截在外呢！

再加上李煜听信“小长老”所谓的因果报应循环之说，大敌当前不去指挥作战，反而整日把自己关在后宫之中，拜佛礼佛，妄图乞求神明保佑李氏江山可以转危为安，平安渡过此次浩劫。

这一日，后主感觉心烦意乱，对写诗和礼佛都提不起兴趣来，他突然想去金陵城墙上巡视一番，再看看南唐的锦绣河山。

可是当他登上城墙之后，陡然发现金陵城外的白鹭洲上，营帐扎得密密麻麻，战鼓擂得震天响，那营中飘飞的大旗之上，醒目地绣着一个大大的“宋”字。

李煜这才恍然明白过来，连忙下令召见三军统帅皇甫继勋。

黄甫继勋的父亲皇甫晖是中主时期的一员猛将，不但智勇过人，而且对南唐忠心耿耿，可惜传到黄甫继勋这一代的时候就变了味。他荒淫骄纵，贪图富贵，只顾及自身的安危，完全不顾国家与百姓的死活。

他为了保住自己的财产，不惜弹压三军之中的有志男儿，不让他们为国出战。军队之中有血性的男儿也曾极力请战，都被他杖责囚禁，以此来杀鸡儆猴。

黄甫继勋怕李煜发觉他贻误战机，还与诰使刘元瑜相互勾结，把所有战报都扣押了下来。直到后主亲上城墙，才发现金陵早已被宋军团团围住了。

李煜震怒，下令将黄甫继勋推出去斩首示众。等黄甫继勋被押至殿外之时，四周的将士蜂拥而上，将其一刀刀活剐而死，算是出了心中的一口恶气。

众将士为此欢呼雀跃，一度士气高涨，当夜就有将士偷袭了宋军的营帐。可以说，南唐士兵这种大敌当前，视死如归的精神还是非常可贵的。

可是此时南唐军中已是一将难求，就在金陵城被包围的时候，吴越又和北宋的军队联合起来攻打东面的润州（今镇江），南唐可谓腹背受敌。

面对大敌当前，朝中良将难求的局势，李煜在一夜之间便添了许多的白发。他方才进入不惑之年，却因为过度忧思而早衰了。

就如曾经鲜艳的樱桃，如今已然衰败枯萎了一般，李煜放眼望去，才发现已经樱桃落尽，春归去了。

樱桃落尽春归去，蝶翻金粉双飞。子规啼月小楼西，玉钩罗幕，惆怅暮烟垂。

别巷寂寥人散后，望残烟草低迷。炉香闲袅凤凰儿，空持罗带，回首恨依依。

樱桃落尽春天已经归去，入目一片秋色凄凉，只有那双蝴蝶还在翻飞着，像是沾满金粉一般的翅膀翩翩起舞。子规立在小楼里面夜夜哀鸣啼血，诗人透过楼窗低垂的罗幕，惆怅地望着远方暮烟低垂。

喧闹的人群逐渐散去了，小巷又恢复了一片冷清，只剩下一片残烟低迷地盘旋在草地之上。香炉里的闲烟袅袅随着清风微微摆动，绕着香炉之上凤凰的绘饰。她愁容满面地拿着罗带，回首往事不禁感觉心中怨恨依依。

子规是杜鹃鸟的别名。根据《史书·蜀王本纪》记载，望帝称王于蜀，鳖灵治水有功，望帝认为他功高，便禅位给了鳖灵。后来望帝修道，隐居在西山，最后化为一只杜鹃鸟。春天来的时候就啼鸣，啼血变为杜鹃花。这声声啼叫是望帝对那个梦中佳人的呼唤声。这就是“子规啼血”的来历。

李白曾这样写道：“蜀国曾闻子规鸟，宣城还见杜鹃花。一叫一回肠一断，三春三月忆三巴。”杜甫也曾以子规入诗：“峡里云安县，江楼翼瓦齐。两边山木合，终日子规啼。眇眇春风见，萧萧夜色凄。客愁那听此，故作傍人低。”

“樱桃落尽春归去，蝶翻金粉双飞。”樱桃落尽，春天都去了，飞舞的彩蝶竟恍然不知，还在翻飞、嬉闹，沉醉于眼前的快乐。这翻飞的彩蝶像极了故步自封的李煜，他把自己关在纸醉金迷的皇宫里，安然享受着奢靡的快乐，可是等他大梦初醒之时才发现，宋军已经兵临城下了。粉饰出来的太平终究是不堪一击的，可惜悔之晚矣。

“子规啼月小楼西，玉钩罗幕，惆怅暮烟垂。”杜鹃啼血，乃亡国之兆，宋军是从西面而来的，这里的小楼西也就代指宋军。心中愁苦的李煜独上西楼，透过玉钩罗幕看着宋军压境，身边又没有一个可以重用的将领，不禁倚窗消愁。

“别巷寂寥人散后，望残烟草低迷。”原本喧闹的小巷，等人散去以后便只剩下寂寥，还有那似有似无的烟尘笼罩在草地之上。这低迷的残烟多像李煜此时低迷的心情啊！

“炉香闲袅凤凰儿，空持罗带，回首恨依依。”往日小周后常是一副“绣床斜凭娇无那”的娇憨模样，可今日也“空持罗带”满面愁容，南唐的江山危在旦夕，美人如此焦虑、憔悴，怎能不让人“回首恨依依啊”！

自从得知宋军围城之后，李煜便忧心忡忡，整日倚窗眺望，希望能有奇迹出现，战事能得到缓解。

自从被困以来，李煜忧心忡忡，像一只啼血的杜鹃一般，以文人特有的情怀，用诗词与歌赋来抒发心中的愁苦之情。但，短短几行文字，又怎么能治愈即将亡国的伤痛呢？可是他除了夜夜哀啼以外，也只剩下“回首恨依依”了啊！

未开战前，李煜曾信誓旦旦要亲自上阵杀敌，一旦兵临城下，他想的却不是如何带领臣民们一起脱困，而是把满腹的忧思寄托到潜心礼佛上去了。

他派人奏响《念家山破》，带领城内军民诵读佛经，诵经之声传遍金陵，传入宋军的营地，这声声悲歌，感染着在场的每一个人。

可是，他心中期盼已久的“佛”却并没有出现。《文子·上德》有云：“怨人不如自怨，求诸人不如求之己。”

既然李煜深通佛法，就更应该明白因果循环的道理。从他醉心于诗词歌舞，沉迷于后宫奢靡之日起，便应该知晓今日的因果。

可惜那时他没有看破，今日兵临城下又未曾看透。虽有空前绝世的才华，也不过是个痴儿罢了！

975 年十一月二十七日，宋军攻破了金陵城。976 年，李煜辞别祖庙，入宋投降。

他入宋北上之时正值严冬，凛冽的寒风吹落了瑶光殿他与大周后一同种下的梅花，那朵朵殷红的花瓣，像极了杜鹃啼血之时盛开的花朵。

只是，瑶光殿的梅树尚在，南唐宫中却再也没有了后主与大小周后的传说。

第二节　无言独上西楼

沈际飞在《草堂·余续集二卷》中评价说：“七情所至，浅尝者说破，深尝者说不破。破之浅，不破之深。别是一般滋味在心头，句妙。”

清代诗人王国维这样写离愁：“阅尽天涯离别苦，不道归来，零落花如许。花底相看无一语，绿窗春与天俱莫。待把相思灯下诉，一缕新欢，旧恨千千缕。最是人间留不住，朱颜辞镜花辞树。”

行过万里路，阅尽世间百态，只觉得离别最苦，想不到等到归来之日，故人已如落花般凋零。遥想当年与她在花下别离之际，两两相顾无言，只有离愁别绪在心头，如今绿窗与青天俱在，可惜已是物是人非了。

想把满腹的相思在灯下诉说，新人虽然美好，可是旧人心中的千缕无奈又该向何处去诉说？原来这世间最美好的东西都留不住，明镜空在，却不见了旧人的朱颜，恰似落红满地，仅余空枝残干，越发显得孤清。

南宋诗人张炎这样写国破家亡："候蛩凄断，人语西风岸。月落沙平江似练，望尽芦花无雁。暗教愁损兰成，可怜夜夜关情。只有一枝梧叶，不知多少秋声！"

蟋蟀哀鸣声声凄断，秋风萧瑟西风岸，人与秋虫都在哀叹秋天的离去。月落沙洲清澄，望尽芦花也不见雁归来，好一幅萧瑟的秋风图。可怜夜夜含情，只有那一叶知秋，不知道寄托了多少哀凉的秋声。

唐代诗人元稹这样写给亡妻："曾经沧海难为水，除却巫山不是云。取次花丛懒回顾，半缘修道半缘君。"曾经经历过波澜壮阔的大海，别处的水就再也不堪一提了，曾经陶醉过巫山的云雨，别处的风景就不能称之为风景了。因为你不在身边，便是身在万花丛中，我也懒得顾盼回首。这其中的缘由，一半是因为修道之人的清心寡欲，另一半则是因为曾经真实地拥有过你啊！

许是这世间的感情，不外乎喜、怒、哀、乐、忧，诗人们这种种的情绪糅在自己的作品之中，便有了一首首传世的佳作。

诗词更像是一面镜子，后世之人读来，便能照出各种各样的心境。

李煜这首《相见欢·无言独上西楼》由邓丽君甜美的嗓音唱出，更是别有一番滋味在心头。想来李煜在写下这首词的时候，心中亦是五味俱全。

又或者，他的内心早已是一片木然。多年的隐忍，换来的也不过是一场避免不了的杀戮。

在强大的宋军面前，南唐最后的努力也不过是以卵击石罢了。

他曾信誓旦旦要战死沙场，马革裹尸还，如今亦是变成了笑话，成了宋军茶余饭后的笑谈。

而他呢？带着满腹的忧虑，或久久伫立于珠帘之后，望着满城的烟火；或凭栏远眺，想把这大好河山尽收眼底；抑或只是负着手，流连在花园里的每一处，去回忆往昔那些早已逝去的人。

人到中年，便总喜欢追忆那些逝去的岁月，若是人能未卜先知，或许那时便不会留下这么多的遗憾。只可惜过去的种种就像是一场华丽的梦境，等宋军压境之时，李煜才从这场梦境之中清醒了过来。

若是可以选择，他宁愿永远沉醉，不要醒来。

可惜“天教心愿与身违”。仿佛他的一生，都被浓缩在了这句话中，就像是逃不开的魔咒一般跟随着他。

人在高处不胜寒，虽然这偌大的宫殿之中，有佳丽三千，教坊之中依然歌舞升平，朝堂之上百官朝拜，可李煜依然感觉到蚀骨的寂寞。

或许这种寂寞源自于，他坐在这个皇位上这么多年，竟然从未有人理解过他的心愿。

若是他不在这高高的皇位之上呢？他的身边是否还会繁华依旧？

带着这样满腹的心思，李煜独自登上西楼，月如钩，寂寞锁清秋。

月满则亏，此天下之常理也！或许是江南太过富庶与美丽，所以才注定了他无法长长久久地拥有这片土地。

又或许是他太过才华横溢，命运才会越发的颠沛流离。

虽然他不过而立之年，鬓角竟然也生了白发，便是连脚步都有些蹒跚了起来。虽然彼时他无意于坐拥这天下，可是这么多年过去了，他的喜怒哀乐都与这南唐的天下融为了一体。

也不知道从什么时候开始，南唐就是他，他亦代表了南唐啊！

无言独上西楼，月如钩。寂寞梧桐深院锁清秋。

剪不断，理还乱，是离愁。别是一般滋味在心头。

秋高气爽，一轮弯月悬挂在寂寞的夜空之上，越发衬得他形单影只。

李白说：“举杯邀明月，对影成三人。”此时独自登上西楼的李煜，也想喝上这样的一壶酒。可惜，明月无法理解他独自登高的忧愁，影子也只能默默地陪伴在他身后。

若是换作从前，他还是那个逍遥王的时候，他大可以今朝有酒今朝醉，管他明天奈若何。

但今日，他站在高高的西楼之上，发现那如钩的弯月竟也同他一般的寂寞。这月色把他脚下的城墙分成了两半，一半是金戈铁马的杀戮，另一半则是歌舞繁华之后的虚弱，而他站在这西楼的中间，却感觉自己被撕成了两半。

穿过那密密层层的宋军军营，他竟然嗅到了几分自由的味道，那里梧桐还没有凋落，便是樱桃枝头的蓓蕾，也还有着几分娇艳。

然而高深的宫墙之内传来的捣衣声，再次把他拉回了现实，回头望去，在宫墙的笼罩之下，竟然是死一般的寂静，便是连清秋都被锁在了这方难以逾越的天地之中。

李煜独自凭栏远眺，望着天边的明月如钩，那冷冷的清辉，诉说着同样的寂寞。因为人寂寞，所以孤月也显得寂寞，便连院中的梧桐都显得寂寥而凄凉。

古往今来的诗文典故里，梧桐常被用来寄托离愁别恨，抑或是悼亡哀思。沐浴在阳光之下的梧桐，承载了太多的离愁别绪。

宋代词人晏殊在《撼庭秋·别来音信千里》中这样写给离人："别来音信千里，恨此情难寄。碧纱秋月，梧桐夜雨，几回无寐。楼高目断，天遥云黯，只堪憔悴。念兰堂红烛，心长焰短，向人垂泪。"

文天祥以"万里飘零两鬓蓬，故乡秋色老梧桐"写乡愁，李清照以"草际鸣蛩。惊落梧桐。正人间、天上愁浓"写离愁别恨。

独上西楼的李煜，便也生出了"寂寞梧桐深院锁清秋"的烦忧。

"无言独上西楼"，首句"无言"与"独上"把一个心中愁苦、寂寞孤独之人刻画得入木三分，用来表达诗人心中的凄婉与苦闷。

"月如钩，寂寞梧桐深院锁清秋。"天边的那弯新月，见惯了世间的悲欢离合，勾起了诗人心中的离愁别恨，那院中高大的梧桐被秋风吹落了黄叶，只剩下一树的残枝，幽深的庭院锁住了满院的清秋，让人心中的寂寞油然而生。

独楼、缺月、梧桐、寂寞庭院，渲染了一幅凄凉的景色，让独上西楼的诗人心中百转千回，生出了许多剪不断、理还乱的心事。

这种剪不断、理还乱的心事是因何而起呢？那是因为离愁啊！

关于离愁，贺铸这样写道："彩舟载得离愁动，无端更借樵风送。"因为离别，觉得彩舟都载不动这许多愁。辛弃疾这样写道："敲碎离愁，纱窗外、风摇翠竹。"风摇翠竹，仿佛要敲碎这满怀的离愁一般，扰得人心神不宁。白居易这样写道："几许欢情与离恨，年年并在此宵中。"多少相会的欢愉，多少离恨，每年都会出现在今宵。

而李煜的离愁却是："剪不断，理还乱，别是一般滋味在心头。"纵有千般愁万般怨，若是想剪，总有剪断的时候。可国破家亡这种事情对于李煜来说，却是没法理也理不清，剪也剪不断，这其间的滋味，也只有他自己能够体会。

宋军兵临城下，李煜慌忙之中托付的三个人，都给了李煜致命的打击，皇甫继勋的自私奸佞、欺上瞒下，刘澄的表里不一，朱令斌的刚愎自用。

在这三个人的指挥之下，南唐不但损兵折将，更是元气耗尽，他们也让李煜有了深深的挫败之感，屡次用人的失败，也让李煜彻底地明白过来，自己确无用人、识人的本领。

此时的南唐外无救兵，内无良将，屡次的失败已经让李煜对自己、对南唐彻底丧失了信心。因此他不想方设法脱困，反而把一线生机都寄托在神佛庇佑和期盼契丹对南唐的援救之上。

他一面委派张洎带着蜡丸书信，向契丹求援；一面又在唐宫之内频频向佛祖祈祷。然而他期盼的佛祖并未显灵，契丹的援军也杳无踪迹，反倒是金陵城中军民同仇敌忾，在如此艰难的境况之下，还坚守了一年之久。

金陵城自被困以来，完全与外界隔绝，城中的粮草也十分匮乏，米价更是翻涨了数倍之多，城中许多百姓因为营养不良得了水肿。在这样艰难的情形之下，偏偏城中又被瘟疫横扫，一时军民死伤不计其数。

可是就在这样艰难的形势之下，金陵城中的军民竟然没有一个人生出背叛之心，可歌可泣。

相比于金陵城中凄惨的局面，这一年，宋军却早已做好了充足的攻城准备，宋军将领曹彬给李煜下达了最后通牒，限他于十一月二十七日前开城投降，否则便要大军攻城，到时候免不了一场生灵涂炭。

李煜惊慌之下，与曹彬约定让清源公子仲禹入朝，可是李煜性格优柔寡断，内心质朴、良善，对一个老去的宫女尚能心生怜悯之意，面临骨肉至亲，他又如何舍得。

李煜在曹彬的恫吓之下，自感救国无望，便决定修书请降，他把写好的降表交于长子清源公子和大臣陈乔，让他们送往宋军之中。

可是陈乔却表示若是投降的话会“有辱先祖”，坚决不肯投降，便把降表带回家给扔了，面见李煜时言说就算是投降也无法保全家国，只会自取其辱，与其这样还不如背城一战而亡。

但此时的李煜早已忘记了当初所立的誓言，听着城外战鼓的“咚咚”之声，他哪里还有半分斗志，更没有了背城一战的勇气。

陈乔看着李煜啼啼哭哭，没一点儿骨气的模样，气愤地甩手离去，回到政事堂以后，沉静地吩咐属吏说道：“等我死后，把我的尸骨收藏好，切莫落入宋人手中。”然后慷慨赴死，这便是南唐最为感人的殉国场面了。

“青山处处埋忠骨，何须马革裹尸还。”当李煜面对这些忠臣良将为了李氏江山殉国的时候，也曾下令焚烧文物图经，令李氏家族之中长幼尽自焚殉国，但生性懦弱的李煜很快又泄了气，便是连自杀殉国的勇气都失去了。

在李煜犹豫不定的时候，宋军已经开始下令攻城了，听着城外喧天的战鼓之声，浑浑噩噩的李煜才彻底清醒了过来，自捧玉玺，肉袒出降。至此，军民齐心坚守了一年多的金陵城，终是被攻破了。

至此，命运再次把李煜推向了一个无法预知的未来。

李煜站在纷飞的战火之中，眼见国破家亡，民不聊生，南唐的百年基业终是毁在了他的手中，那一番滋味在心头，却是再也无人能理解。

若是初登基时，他能少贪图一些享乐，多花些心思在保家卫国之事上，若是他登基之后能励精图治，与他国结盟，共商宏图大业之事，或许今日这番凄楚之事，便不会发生。

但，历史的车轮滚滚向前，很快便会把这些过往湮没在红尘之中，留下的不过是几阕诗词，一幅丹青画卷，和一个渐行渐远的背影罢了！

拥毳对芳丛，由来趣不同。
发从今日白，花是去年红。
艳色随朝露，馨香逐晚风。
何须待零落，然后始知空。

或许，文益禅师当日在宫中赏牡丹之时写下的这首诗词，便早已预示了南唐不可避免灭亡的结局。

剪不断，理还乱，是离愁。

而这一次的离愁，却是永远的告别，从此江南对于李煜来说，变成了心底不可碰触的伤痛，在那里埋葬着他所有的繁华与幸运。伴随他前往汴京的，不过是一场奢靡繁华的梦境，那里，再也没有了江南的故乡。

第三节　教坊犹奏别离歌

“生当作人杰，死亦为鬼雄。至今思项羽，不肯过江东。”李清照这首大气磅礴的《夏日绝句》创作于南宋朝廷被金兵追得弃城逃跑的时候，在她一介女流眼里，尚且认为人活着的时候要做英杰，呕心沥血保家卫国，就算是战死在沙场之上，亦要成为鬼中的英雄豪杰。

李清照这首诗慷慨激昂、振聋发聩，在当时混乱的局面中起到了引领的作用。

正当李清照因为南宋朝廷忙着偏安一隅，不顾百姓死活感到气愤不已的时候，她的丈夫赵明诚却给了她当头一棒，他竟然为了保命弃江宁府于不顾，连夜弃城逃跑了。

赵明诚精通金石典藏，为人聪明好学，做学问做丈夫都是极好的。但偏偏书生气浓了一些，缺乏应有的男子汉气概，不但懦弱，更贪生怕死。

这一点与李煜是何其相像。

面对宋军的大举进攻，金陵城是四面楚歌，内无粮草，外无援兵。李煜是守城无望，弃城又不甘，便是连自杀与金陵城共存亡都少了几分胆识。

最终，为了金陵城百姓免遭生灵涂炭，李煜率领子弟僚属四十五人出城请降。

李煜此时的着装，不是帝王特有的明黄之色，亦非日常所穿的紫色，而是只穿着贴身白衣，袒露一臂，手捧着用黄色绸缎覆盖着的传国玉玺，戴着青布小帽，以示“肉袒出城”。

一向自视极高，满腹诗华，风流倜傥的后主李煜，此时面容哀戚、憔悴，带着随从，在金陵臣民讶异的注视下，满面羞愧地朝宋军大营走去。

此时，他的心中已是一片死寂，再也掀不起任何波澜。身为文人，心中的情怀与尊严高过生命，等他能放下这一切的时候，心中便是再也没有了希冀和激情。

金陵城中的臣民看着这样的国主之时，心中才终于明了，便是他们再坚持也无用，引领他们的国主，早已是心如死灰，不复有希望了啊！

或许，李煜肉袒出城的那一刻，才是浇灭南唐臣民心中最后一点希望之火的瓢泼大雨。

诗人生来向往自由，思想游离于世俗之外，这也许就是李煜贪恋皇位的最重要一点。端坐在皇位之上，可以满足他心中的所有向往，那种“普天之下莫非王土”的感觉，极大地满足了他的虚荣心。

一个人享受过至极的自由，自是害怕从此堕入黑暗，变成阶下囚，因此他终日都在惶恐之中度过。

可真当这一天来临之时，他心中反而有了一种释然之感。或许南唐对于他来说，无异于是千斤重担吧！

这千斤重担整日压在他身上，挑也挑不起来，放亦放不下。那种患得患失长久以来折磨得他寝食难安，如今总算是能放下了。

虽然是以这种屈辱的方式。

宋军主帅曹彬以礼相待，因怜李煜以大局为重，出城请降，感怀其国破家亡的凄楚，准许其回到宫中收拾行装，尽快随他北上。

再次回到宫中的李煜，此时心烦意乱，任由各宫嫔妃去收拾行装，自己则走出内院，想在这片嘈杂之中寻一处安静的场所。

只是“覆巢之下无完卵”，这南唐的天下都已归了别人，又哪里还有清静之处呢？

他来到供奉祖宗神位的宗庙，他不敢去看祖父李昪的牌位，他仿佛听见祖父正站在他面前，痛心疾首地责骂。

祖父李昪在位期间勤于政事，又变更了旧的法治，主动与吴越和解，勤政爱民，让百姓得以休养生息。

南唐自938年立国，至975年亡国，共计38年。版图共有三十五州，方圆三千里有余，定都金陵，堪称五代十国之时的大国。

可李昪把辛苦打下来的大好河山，交到李璟父子手中之后，却落得个国破家亡的凄惨境地。

李煜在列祖列宗面前，又有何颜面停留，只得仓皇逃离。

他无意中来到昔日繁华的教坊，教坊之中的宫娥听闻后主是前来辞行的，忆起昔日她们与后主朝夕相处的情意，知晓这一别，便是永别，日后再无相见的可能。

因此宫娥们自发地为他奏响了离歌。离歌是专为送别所奏，曲调凄婉哀怨，缠绵悱恻，动人心弦。这凄凉的曲调让李煜不禁潸然泪下。

宫娥们也洒泪与他相泣而别，彼时的情景，让李煜后来每每忆起，都觉得心酸不已。

四十年来家国，三千里地山河。凤阁龙楼连霄汉，玉树琼枝作烟萝，几曾识干戈？

一旦归为臣虏，沈腰潘鬓消磨。最是仓皇辞庙日，教坊犹奏别离歌，垂泪对宫娥。

“千山红树万山云，把酒相看日又曛。一曲离歌两行泪，更知何地再逢君。”唐代诗人韦庄，经历了长安之变后，逃至江南，一路流离失所。在一次偶然中遇到了故国的旧友，因为“同是天涯沦落人”的同病相怜之情，唱响了离歌，与之同醉。

曹彬等人因担心李煜经历国破家亡会想不开，便邀他同聚。在岸边和宋军大船之间搭着一块跳板，李煜在这块跳板前徘徊了许久都不敢上前。最后曹彬只得派人护送李煜上了船。

后来，有人担心李煜会自杀，曹彬便说：“依我看，李煜的气质便是连妇人都比不上，他连一块木板都不敢跨过，像这么怕死之人，回到汴京之后就能够活命，他又怎么会自杀呢？”

李煜虽然没有自杀，却有许多人因为国破家亡而选择自杀。

李煜的后宫之中有个姓黄的保仪，李煜曾跟她说过若是金陵沦陷，就让她把李煜收藏的古玩珍品一把火都烧掉。等城破之日，黄保仪真的一把火把那些珍宝付之一炬。

珍宝虽烧掉了，但李煜却没有自杀。李煜虽然活着，但是这把火却又引起了另外一场悲剧。

城破之前，李煜曾跟静德院的八十多位尼姑约定，等金陵城破之日，他在宫中举火为号，相约一同自杀殉国。

所以黄保仪的这把火，被这些尼姑们认为是后主发出的自杀信号，这些尼姑纷纷跳入火中自杀身亡，一个都没有剩下。

比起这些尼姑们的死，李煜啼啼哭哭半天，又被宫妃们给劝下了，着实是不值一提。

长亭外，古道边，芳草碧连天。不管李煜心中是如何的不舍，终究还是到了离别的时刻。

975年十一月二十八日，阴雨霏霏，北风呼啸，李煜带着小周后及宫娥嫔妃、兄弟子嗣、文武大臣等人，登上了北上的大船。

南唐在风里雨里矗立了四十年之久，彼时车水马龙，冠绝一时。而如今大厦将倾，后主李煜“肉袒出城”而降，等他匆忙前往宗庙祭祀先祖之时，却听见教坊之中奏响的离歌，因此与宫娥洒泪而别。

那一天他站在宋军大船的甲板之上，望着四周拥挤的船只，再回望他熟悉的金陵城却是一脸木然之色。

或许，他最后的些许眼泪已在当日与宫娥分别之时，流尽了。

国破家亡，人人都对他唯恐避之不及。可在他一片荒芜的心中，却被教坊之中的宫娥温暖了。

这些宫娥仿佛不再是那年轻貌美的女子了，她们仿佛与南唐瑰丽的山水融为了一体。

与她们洒泪而别，就像辞别故乡一般。

李煜身旁的女眷与岸上送别的百姓，一同失声痛哭着。美丽的金陵城也被一片愁云笼罩着。

“明日隔山岳，世事两茫茫。”他们都知道，这一别，或是永别。

李煜白衣青帽，泪眼婆娑，面容疲惫，鬓角已现华发，久久凝视着雨雾之中渐行渐远的金陵城，哽咽着无法言语。

寒冷的北风扑面而来，他的泪水也随之掉落在这片故土之上。便是身体要远离，那就把灵魂留在这片熟悉的故土之上吧！

“凤阁龙楼连霄汉，玉树琼枝作烟萝，几曾识干戈？”宫殿巍峨高大，可连接天际，宫苑内草木茂盛，一片繁荣之色，我又哪里知晓在这片繁茂安逸之下，会发生战争呢？

“一旦归为臣虏，沈腰潘鬓消磨。”自从做了俘虏之后，因为每日在痛苦折磨之中度日如年，而变得日渐消瘦，不过是人到中年，鬓角间就已生了白发。

这里的沈腰指的是南朝沈约老病百余日，腰带移数孔，后来代指细腰。潘鬓指的是晋时潘岳年方三十二岁，就已经开始生白发了。泛指身体瘦弱，早生白发。

“最是仓皇辞庙日，教坊犹奏别离歌，垂泪对宫娥。”最使我难忘的是，那日辞别宗庙之时与教坊之中的宫娥告别，她们吹奏离歌的情景。在这样生死离别之时，我悲痛欲绝地与宫娥垂泪道别。

教坊之中的乐曲与歌舞，一直是李煜所钟爱的，他曾在此倾注了大量的时间与精力。然而此时，这些莺歌燕舞已经不能给他带来任何快乐了，反而越发让人感到了离愁别绪。

从贵为一国之君，到陡然沦为他国的阶下囚，随着身份的转变，李煜心中自是悲痛万分。然而这百转千回的离愁别绪，却又不知从何说起，只能与这些幽居的宫女洒泪而别。

第四节　三十年来梦一场

纳兰性德曾这样评价李煜：“花间之词，如古玉器，贵重而不适用；宋词适用而少质量，李后主兼有其美，更饶烟水迷离之致。”郭麐亦曾评李煜：“作个才子真绝代，可怜薄命作君王。”

当李煜还是南唐后主之时，诗词多描写宫廷之中的男欢女爱，或者是以女子口吻写的闺怨体。比如，“晚扮初了明肌雪，春殿嫔娥鱼贯列”“绣床斜凭娇无那，烂嚼红茸，笑向檀郎唾”等。

但亡国之后，他所创作的诗词一扫往日的旖旎、浓艳之态，格调也变得凄婉哀怨，让观者垂泪。

但诗词救不了李煜和南唐，佛祖一样救不了。

就像他彼时不得不做南唐的国主一样，此时他又只能眼看着南唐的大好江山，在他手中灭亡，一切仿佛都是冥冥之中早有定数的。

975 年二月，宋军攻下金陵关城。

同年三月，常州失守。

同年六月，宋军与吴越的军队会师，润州、洪州相继失守。

同年十二月，金陵失守，李煜肉袒出城，南唐四十年的江山，也终于画上了一个大大的句号。

犹记得几个月前，李煜还坚决表示绝对不会投降，他说：“孤当亲督士卒，背城一战，以存社稷，如其不获，聚宝自焚，终不做他国之鬼。”

可是宝贝烧了，与他相约自杀的尼姑死了，他反而成了那个背信弃义之人，连自杀的勇气都没有，最终成了宋朝的阶下囚，登上了北上的大船。

早知今日他会如此懦弱地投降，当日那般地坚持不肯去汴京又是为了哪般？王族之尊，便是江山社稷之尊，不容践踏。

他也知道，宋军挥师南下，一路上踏着南唐之名的骸骨来到了金陵城下。而他依然肉袒出城，又如何对得起这些为国而死的子民们？

但其实李煜并不是没有抵抗，宋军在攻打南唐的时候，也是颇费周折，耗时一年之久，在这期间赵匡胤也曾动了撤军的心思。但双方实力太过悬殊，加之李煜用人不当，手下又无精兵良将，最终导致宋军兵临城下。

在秦淮河之战中，南唐将领朱令赟在江面上用火油进攻宋军，若是此战术能成功的话，怕是就会改写这一段历史了。只可惜当时风向突然发生了改变，火油被吹了回来，南唐士兵伤亡惨重，就连朱令赟也在这场大火之中被烧死了。

李煜信佛，更信因果。他想，这许是天要亡南唐的征兆吧！

李煜仍记得，他在金陵城中，在惊慌失措的人群之中，看到一个年迈的老妇，正在举火祭奠。

李煜问道："老人家，你们为什么会去祭奠这样一个连自己国家都保护不了的君主啊？是他让你们没有了家园啊？这样的君主，值得你们如此去对待吗？"

老妇抬起浑浊的眼睛，看了李煜一眼，认真地说道："他是我们的君王，我们是他的臣民，这个就是天命如此。当然亦是一种缘分。即便是国亡了，家没了，可是这种缘分不会改变。每个人活在这世上都要经历这样那样的痛苦，他给他的子民带来了多少慈悲和爱，他还觉得自己做得不够呢！"

"这世上总要有太阳、月亮以及星辰，太阳永远不知道自己的光辉，星辰亦是不知道自己的渺小。但太阳就是太阳，它的存在就能给万物带来生机。一个君主的存在就像是天上的太阳一般，给他的子民带来了无穷尽的信心和勇气。他的存在本身就是一种力量。"

在李煜面临生死抉择的时候，他知道有时候活下去比死了更痛苦。前途渺茫，一个亡国之君会经历怎样的艰难险阻与屈辱，那样的场景便是想一想都会让人不寒而栗的。

虽然宋使曹彬告诉他，赵匡胤在汴水旁修建好了五百间广厦等着他前去。

可他心中依然有一个声音在不屈不挠地呐喊着："活下来吧！活下去。"

可是老妇人的一番话却让他泪流满面。只要他还活着，就是南唐子民的希望和力量。只要一想到这些，阶下囚的生活，仿佛也不再那么漫长和痛苦了。

他是南唐的君主，享受天下百姓的供养，是他们给了他极致的尊荣和奢华。如今他已无力保护他的子民，那便坚强地活着，继续做一个默默发光的太阳，不让南唐子民心中的希望和力量破灭吧！

有时，活着比死去更需要勇气。

江南江北旧家乡，三十年来梦一场。吴苑宫闱今冷落，广陵台殿已荒凉。

云笼远岫愁千片，雨打归舟泪万行。兄弟四人三百口，不堪闲坐细思量。

他们启程的时候，乌云密布，江风袭面，那细碎的雨丝，一如李煜此时破碎的心境。

这雨像是上苍也感受到了李煜此时此刻悲伤的心境，感同身受地为南唐哭泣一般，淅淅沥沥下个不停。

“旧时王谢堂前燕，飞入寻常百姓家。”乌衣巷原是六朝贵族居住的地方，最为繁华，可如今朱雀桥边长满了野草，乌衣巷口也不见有车马出入，只有一片残阳照在昔日的深墙之上，凄凉无比。

晋傅咸《燕赋序》说：“有言燕今年巢在此，明年故复来者。其将逝，剪爪识之。其后果至焉。”燕子今年在此做巢，来年还会回来。

金陵城是李氏王族的家，但不知，这一别，来年春天还有没有回来的机会？

再见了金陵城，再见了燕子矶，再见了王谢堂前燕。

江南也好，北上也罢，这些原本都是我的家乡啊！一转眼三十年过去了，感觉就像做了一场梦一般。

当年吴国宫闱现在已变得冷冷清清，广陵亭台殿堂也已经变得凄凉无比。

站在前行的大船之上，看到远处的岫岩被层层云雾笼罩着，多么像我心中的愁云片片，细雨蒙蒙敲打着北上的船只，就像是我的眼泪一般，一行又一行地落下。

我们兄弟四人加上三百多个家人，此时都不忍心闲坐，细细去思量这一路走来，我们曾犯下的过失。

南唐曾经拥有着半壁江山，若是彼时他能多在国事上发愤图强，少些风花雪月，说不定此时就不会如此悲凉。

若是当初他再坚决一些，任用贤良，远离奸佞誓死抵抗，那样虽然不一定能大获全胜，但也总好过如今的坐以待毙。大不了与将士们一起战死沙场，马革裹尸，尚能留下一世的英名。

可是，人生没有彩排，历史亦不能重来，当李煜心中的美梦彻底破灭之时，他才真正体会到了人为刀俎、我为鱼肉，任人宰割的那种痛苦与屈辱。

只可惜，梦醒了，国亡了，家也破碎不堪了。

望着细雨蒙蒙，烟雾缭绕的江面，绝望无助的兄弟四人，愁苦不堪地闲坐在一起，细细思量曾经犯下的错误，慢慢体会那种让人感到窒息的绝望之情。

只可惜，如今再追悔也是于事无补了，只恨当时他没有那样的雄心壮志，逐鹿于中原，如今亦只能闲坐在漂舟之上“细思量”，为未知的命运而哀愁。

失去了宫廷的倚仗，这些昔日集万千宠爱于一身的嫔妃们，都脸色苍白地聚拢在一侧，低声抽泣着。

那种压抑的哭声与阴雨蒙蒙的天气相结合，更让人心中生出浓浓的哀凉。

他很想安慰她们，像往昔一般。可如今张张嘴，却不知该说些什么。

他再也不是她们的天了，从此以后如浮萍一般漂泊到异乡，便是连那一抹乡愁，都被凛冽的江风给吹散了。

“至今思项羽，不肯过江东。”就算项羽过了江东又如何呢？在十面埋伏之下，霸王别姬，引后世多少人为之落泪。

项羽曾经平分天下，若是能及早醒悟又怎么会落得如今保护不了心爱的美人、良驹，最后背水一战惨死的下场，这是何等的悲凉。

李煜与项羽的遭遇何其相像，只可惜他并没有项羽这等让后人为他垂泪的气魄和胆识，他能做的只是，站在宋军的大船之上，迎着凛冽的北风，抒写这样一首悲伤的词句，然后与家乡渐行渐远，最终把故乡走成了异乡。

第五节 不放双眉时暂开

宋代诗人蒋捷在《一剪梅·舟过吴江》中这样写道：“一片春愁待酒浇。江上舟摇，楼上帘招。秋娘渡与泰娘桥，风又飘飘，雨又萧萧。何日归家洗客袍？银字笙调，心字香烧。流光容易把人抛，红了樱桃，绿了芭蕉。”

小船在吴江之上摇摆不定，岸边酒楼上的酒旗在风中飘摇，我心中那一片春愁只能借助美酒来消除了。小船经过令文人墨客向往已久的胜景秋娘渡与泰娘桥时，风又飘飘，雨又萧萧，令人徒增惆怅。

也不知道什么时候才能回到久违的家中清洗衣袍上的尘埃，安心待在家中调调香，点燃熏炉里的心字香盘？樱桃才刚刚红透，芭蕉又跟着绿了，也就预示着春去夏又到了，春光总是匆匆流逝，让人追赶不上啊！

这首词作于南宋灭亡之际，诗人在颠沛流离的流亡途中有感而发，红了的樱桃与绿了的芭蕉衬托出明艳的春光，而这种生机盎然的春色与诗人颠沛流离的心境，形成了强烈的反差。

如此明媚的春天看在离人眼中，也不过是一场花开荼蘼罢了！流光容易把人抛，红了樱桃，绿了芭蕉。

这一场喧闹的花事，看在李煜眼中亦是如此，不过是春逐红英尽，舞态徘徊罢了！

犹记得早年，他还是金陵城之中的后主李煜之时，甚喜春光之美。遥想当年每每到了此时，他便与大周后、小周后、窅娘等人相约踏青、赏花，吟诗作赋，再举杯邀月，在教坊之中通宵欢畅，好不快活。

但时过境迁，又是一年春来到，可看在李煜眼中，只觉这满目的春色也有了春逐红英尽的感伤。

近代文学家俞陛云曾有论断，认为这首《采桑子·亭前春逐红英尽》应是李煜后期国破家亡以后所作。论断的根据是“不放双眉时暂开”此句。

在俞陛云看来，李煜面对如此春景，之所以会“不放双眉时暂开”，是因为“受归朝后禁令之严，微有怨词”所致。若是在南唐宫中，李煜与众宫娥夜夜笙歌燕舞，当然不会有“不放双眉时暂开”之时。

但就算在南唐宫中之时，李煜也多有烦忧。当他被兄长李弘冀猜忌苦恼之时，只能通过寄情于山水，来表达自己的心境；当面对痛失发妻、爱子之殇时，他悲痛得形销骨立，填了一阕又一阕的词，却无法缓解心中的痛苦；就算他在与小周后画堂甜蜜幽会之时，也有“人间没个安排处”的苦恼与无奈。

当李从善被赵匡胤扣押在汴京无法回还之时，他亦有“雍雍新雁咽寒声，愁恨年年长相似”的感伤；当宋军压境之时，他更是发出了“剪不断，理还乱，是离愁。别是一般滋味在心头”的感慨。

亡国之前他纵情贪欢，虽享受着至极的欢乐，但亦有“天教心愿与身违”的无奈。那个时候，诗词歌赋成了他的灵魂，他的心灵寄托，甚至大于江山社稷在他心中的地位。因此他沉沦不已。

他甚至有些分不清现实和梦境，他总认为眼前这一切该是一场梦吧！不然为何这人间极致的欢乐，竟然能让他遇见。

一晌贪欢，他乘着马车，踏着满地月光的清辉，穿过金陵城的时候，依然感觉恍然如梦。若不是有美人柔软身子的温热，他还以为自己尚在梦中。

那个时候他“少年不识愁滋味，爱上层楼。爱上层楼，为赋新词强说愁”。

亡国之后，李煜陡然从云端跌入了尘埃，他目睹了战争的残酷，宋军的铁蹄踏碎了他所有的尊严和骄傲。他第一次生出浓浓的无力感，第一次感觉他钟爱了一生的诗词和信仰，并不能给他带来自由和和平。

这两种身份的差异，让他走向了两个极端，在享受完人间至极的奢华之后，又体味了一把极端的痛苦与悲伤。

这样南辕北辙的两种生活，丰富了他的生命，更让他的灵魂得到了淬炼和升华，因而他的诗词前期和后期也发生了截然不同的转变。

从前期的“强要说愁”到后期的“而今识尽愁滋味，欲说

还休”，他的读……达的多是以宫廷为背景的男欢女爱，
绮丽柔……其中不乏花间派习气。

……轻雾》：“花明月暗笼轻雾，今朝
好……金缕鞋。画堂南畔见，一向偎
人颤……

他……一首首泣尽以血的绝唱般
的作品，……古词坛的“南面王”（清
沈雄《古今……家幸，话到沧桑语始
工”。为“豪……当之无愧承前启后
的大宗师了。

如《虞美人·……月何时了，往事
知多少。小楼昨夜又……雕栏玉砌应
犹在，只是朱颜改。问……东流。”

> 亭前春逐红英尽，……双
> 眉时暂开。
>
> 绿窗冷静芳音断，香……
> 胧入梦来。

这首《采桑子·亭前春逐红英……
通过一个女子的视角，见“春逐红英……
当属于个人心中的小情怀。

春光易老，在渐逝的春光催促下，落……
春光亦随着落红悄然而逝，凋零的花瓣在春……

徘徊着不肯离去。

但不管花瓣的舞姿多么的优美，离开了绿叶的滋养，它们终是零落成泥，在路人的践踏下，无望地挣扎。

那一地的落红，就像是凋零的青春一般，每一片花瓣上都写满了瑰丽的往事。

这一夜细雨霏霏不见停歇，风雨催促，花期短暂。但凡见过花朵盛开之时美丽模样之人，再见到此时的凄凉情景，都会为之动容，哀伤不已。

这雨不但打湿了落花，更是浸湿了屋中女子的愁绪。她满腹心酸，却又无法道与旁人听，只能紧锁双眉，强颜欢笑。

在这凄风苦雨、春逐红英尽之时，她站在窗前凭眺，见窗外是如此凄凉之色，备感伤怀，愁眉难得一展。

可关上窗户，屋中又是那般的寂寞难耐，日复一日独守空房，便是这如花的容颜，都被寂寞腐蚀得不见了初时的娇嫩，还不如与风声、雨声相伴。

李清照在《感怀》中这样写寂寞："作诗谢绝聊闭门，燕寝凝香有佳思。静中吾乃得至交，乌有先生子虚子。"

赵明诚到山东的莱州担任知州的时候，终于提出把分居已久的李清照接到身边来。

当李清照满心欢喜、不远千里赶到莱州的时候，却发现事情与她期待的相去甚远。不但给她住的房子年久失修，便是赵明诚也整日忙着带着侍妾，去追名逐利，根本顾不上与她团聚。

而蝇营狗苟、追名逐利是李清照最厌烦之事，无奈之下，李清照只能闭门谢客，眼不见心不烦。她点燃凝香，静心创作，也自得其乐。

谁说她寂寞呢？她分明有两个朋友，一个叫乌有先生，一个叫子虚先生，合起来就是子虚乌有。

这诗中妇人，也是这般独守绿色窗棂，怎么也盼不来远方良人回还的消息，屋内冷静、空寂。印盘内印香转冷成灰，时间一寸一寸消失，芳心也一点一点冰冷。

又将是孤枕难眠的一夜，她和衣而眠，枕着冰冷的眼泪入睡，越发觉得刻骨的凄冷。她不断安慰自己，那人许是明天就会回还。但她分明知晓，这样的日子她已经过了一天又一天，那人还是没有回来。

既然如此只能期待与他在梦中团聚了，虽然那只是片刻的温暖，天明之后一切又是一场空，可也能稍微慰藉她的思情难耐。昏然欲睡之时，仿佛真的瞧见思念的人儿入梦来，她嘴角带着微笑，与心上人在梦中相聚了。

红英尽、细雨霏微、不放双眉、绿窗冷静、香灰尽，这一组孤独、寂寞的词汇堆砌在一起，越发显得词中妇人凄凉、孤苦无依的酸楚。

心中所有的期待，不过是一场旖旎的梦，梦醒之后，便成空。

但很多时候，便是想乞求梦一场，都非易事。那人并不会因为思念，就轻易入梦来。

“亭前春逐红英尽，舞态徘徊。”女子凭窗眺望，见落花随风飞舞，满地落红，好不凄凉，不知不觉中春已尽，这样的情景看在离人眼中，只觉哀凉无比，悲从中来。

“细雨霏微，不放双眉时暂开。”这一场细密的春雨不但打湿了落花，更加润湿了女子心中的思念，她伫立窗前，愁眉不展，那愁思浓郁而沉重。

“绿窗冷静芳音断，香印成灰。”暮春时节，百花凋零，女子独守着空荡荡的闺房，感觉凄冷寂静，瞧着印盘中的印香一寸寸烧成灰，女子孤寂的心事仿佛也随着印香一同被烧成了灰烬。

“可奈情怀，欲睡朦胧入梦来。”可是怎么办呢？也只能在昏昏欲睡中，期待心上人能入梦来团聚吧！

诗中良人远行不归，女子在闺中盼归。又或许并非是良人不肯归来，实则是不能归来啊！

就像当日李煜思念远在汴京之中的李从善一般，任凭他望穿了秋水，望断了天涯，都无法盼得他从北宋归来。

并非是他不愿意归来，实则是赵匡胤强留不放。

宋军围困在金陵城下，李煜肉袒出城，一路北上直到汴京城下，再回首时，金陵城的一切便成了“三十年来梦一场”。

那金陵城中的女子，复又站在绿窗之前眺望，只看到去路芳草萋萋，哪里还能寻觅到后主的行踪？

第五章　梦里不知身是客

我把思念写在放飞的纸鸢之上，希望它能载着我的梦，回归江南故里，踏遍三千里河山，畅游在秦淮河畔，最后再与打着油纸伞的姑娘相遇，听她讲述，那些与你有关的往事……

第一节　算来一梦浮生

宋徽宗赵佶被金兵所囚，在忆起遥远的汴京城时，在《眼儿媚·玉京曾忆昔繁华》中这样写道：“玉京曾忆昔繁华。万里帝王家。琼林玉殿，朝喧弦管，暮列笙琶。花城人去今萧索，春梦绕胡沙。家山何处，忍听羌笛，吹彻梅花。”

宋徽宗忆起北宋都城汴京昔日的繁华景象，同时也写出了北宋曾经坐拥的万里河山，如今都成了陈迹。

如今他已经成了阶下囚，那些繁华也跟着落幕了。昔日百花绽放的汴京城，如今已是人去楼空，到处都是残垣断壁，一片破败的景象，好不萧条。

尽管此时宋徽宗置身于茫茫大漠之中，但汴京城昔日的繁华却时常出现在他的梦中。羌笛声声，那凄婉、哀怨之声让他想起自己身陷漠北，国破家亡，早已无处为家，哪里还受得了《梅花落》那哀凉乐曲带来的痛苦。

宋徽宗在位二十五年，在他主政期间奸臣当道，穷奢极欲，民不聊生，于靖康二年（1127）被金兵所俘，最终沦为亡国之君。

宋徽宗作为阶下囚，便是听到一首哀凉的乐曲声，都会感觉痛楚，都会遥想起昔日繁华的汴京。

更何况是李煜这种多愁善感之人，陡然跌下王座，又见秋的萧瑟，心中定然会生出许多的愁怨。

这些愁怨堆积在一处，就像秋雨一般，绵绵不绝。

赵匡胤得到李煜一行被押解回汴京的消息以后，满心欢喜，虽然他下令保证李煜一行的大船一路畅通无阻，但时至隆冬，江水冻结，即便是一路凿冰前往，船只行驶起来还是很慢，一直到第二年即公元 976 年农历正月初二才抵达汴京。

那一日，汴京城头锦旗飘扬，人头攒动。人们争睹南唐这位生有双瞳，天生帝王相的亡国君主，究竟是如何的与众不同。

那一日李煜携后宫嫔妃与随行大臣，白衣纱帽在明德楼下等待赵匡胤驾临，赵匡胤的春风满面与李煜等人的卑躬屈膝形成了鲜明的对比。他那副噤若寒蝉的模样，终是让前来围观之人失望不已。

在人们口口相传之中，那生来帝王之相的后主，应是白衣飘逸，玉树临风啊！可如今这位双鬓斑驳，满面风尘之人又是谁啊？

莫说他们认不出李煜，便是李煜自己也无法辨别，眼前的一切究竟是现实，还是梦境。

赵匡胤把李煜随行兄弟、大臣纷纷遣散，仅留下他与后宫嫔妃被安置在“礼贤宅”之中软禁了起来。

如此一来，后主李煜由尊贵的帝王变成了阶下囚，陡然跌下云端，卑微如尘土，李煜心中满是惶恐、凄惨，心有戚戚焉。

李煜满腹的愁肠无处可诉，终日寝食难安，借酒消愁。在这段空暇的时间里，他曾拷问过自己的灵魂，剖析过自己的过去，回忆过往昔的岁月，一度怀念那再也回不去的江南故土。

人在高处之时是感受不到俗世之中的酸甜苦辣的，便是有些愁怨，那也只是强要说愁，想要的更多，得不到的痛苦罢了。

而人在低处之时，才让李煜真切体味了一把人情冷暖。昔日高高在上的君王，如今即便是宋军之中的普通士兵都可以对他呼来喝去。

只是卑微到尘埃里又如何？还不是会被人随时践踏着尊严。

早知道亡国之君是这样的苦，昔日他为何那样贪恋温柔乡，而忘却了身为帝王的责任？

只是如今悔之晚矣，他每日都在这种痛苦的煎熬之中，苦苦念及那些遥远的繁华。心中愁苦无人可诉，不如一醉解千愁，借酒消愁吧！

昨夜风兼雨，帘帏飒飒秋声。烛残漏断频欹枕，起坐不能平。

世事漫随流水，算来一梦浮生。醉乡路稳宜频到，此外不堪行。

来到汴京之后，李煜夜夜辗转难眠，他无法像归降的吴越王一样，安静地做个富贵闲人，又或者他对自己还有期待，临行前老妇所言犹在耳边。

他的国家、他的子民是那样盼望着他归来。甚至还有教坊之中的宫娥，还在声声唱着离歌啊！

这些痛苦、这些懊悔、这种种的不甘在他心中汇聚到一处，日日折磨着他，让他寝食难安。

这一个夜晚，汴京城中风兼着雨，敲打着窗扉，阵阵寒气透过帘帏袭了进来，让室内之人感觉孤枕难眠，遍体生寒。李煜垂下眼帘，想遮住这一室的清冷。奈何秋风飒飒，穿过几重帘帏传入耳中。

黄叶无风自落，秋云不雨长阴。遥想当初，他带领百官登高踏秋之时，是何等的威严与喜悦。可如今呢？人在异乡，江南成了再也回不去的故乡。

北方的秋啊！总是比南方来得早一些，秋雨已经带着阵阵凉意了，他披上外衣，孤独地伫立于窗前，默默听着耳旁残漏声声响。

漏，是古代计量时间的器具，用铜所制，分为上下几层，每层底有小孔，用来滴水，层层下漏，以底层蓄水多少来具体记录时间。这里所说的“残漏”是说漏壶中的水已经不多了，表示已是夜半时分了。

因为“风兼雨”，李煜彻夜难眠，他眼见烛火耗尽，残漏见底，不禁联想到那些遥远的往事。他肆意的青春与南唐的国力，就像这烛火与残漏一般，在他指尖一点点被耗尽了。

他遥想起当年那个鲜衣怒马的少年，也曾梦想仗剑走天涯。可等他坐在王座上之时，眸子之中便只剩下了奢靡与歌舞升平。

再回首之时，那少年已是两鬓斑驳，容颜沧桑。

而那座浮华的南唐宫，如今却只能在梦中出现了。

心中的几多愁，几多恨，都如同逝水东流，转眼就烟消云散了。

从极致的奢靡到如今的低落尘埃，也不过短短几年的时间，他感觉自己就像被命运捉弄了一般，一切都像是一场梦。他坐立难安，昏黄的烛光映着他斑白的鬓角，消瘦的身影映在窗扉之上，任由风吹雨打，再也没有遮风挡雨的去处。

风雨催秋寒将近，烛残漏断天将明，又是孤灯独坐的一夜，他不由得感慨万千，人生不过是一梦浮生罢了。

《金刚经》里面作为结束语的偈子，有这样一段话："一切有为法，如梦幻泡影，如露亦如电，应作如是观。"在这世上所有的现象和事物都是暂时的，所以不要被表象所迷惑，就如同梦幻泡影一般的不真实。因为所有的事物都是由一定的条件构成的。等这些事物存在的条件消失了，事物也就消失不见了。

李煜痴迷于佛法，可他终究没有参透佛法，世间万物皆有定数，当初他贪图享受的因，才种下如今痛苦的果，所谓的梦一场，不过是因果轮回的宿命罢了！

若是此时他能接受命运的安排，放下心中的执念，又或许不会如此痛苦不堪。

但生而为人，又有几人能勘破这红尘俗世？包括赵匡胤亦如是。

虽然赵匡胤灭了南唐，又很快吞并了吴越，将这天下尽归自己所有，但他出身寒微，乃是一介武夫称帝，比起文绉绉的后主李煜，他传世的作品仅有两句残句而已。因此他的个性与李煜格格不入。

虽然赵匡胤对后主并未多加论罪，以示胸怀宽大。可是心中一直对李煜过往不肯入宋一事耿耿于怀。便时常率领群臣，在公开的场合对李煜明讽暗讥。

自打投降归宋以后，李煜心中本就苦不堪言，再加上要经受这些嘲讽，更加让他寝食难安。

“起坐不能平”，他熬到了烛残，又熬到了漏断，可是凄凉的夜还是未到尽头。这一夜，他躺在床上辗转反侧，后来干脆不睡了。这五个字是他内心的真实写照，人在困境之中，他本能地想找到一个突破口，好冲出这一方牢笼。

所以他焦虑，他“起坐不能平”，只可惜他天生懦弱的性格，便是做出一些实际的反抗也是不可能的，他只能寄情于烈酒，希望能借助酒的麻痹，让自己纷乱的心思，暂时得到缓解。

宋代词人周邦彦在《关河令·秋阴时晴渐向暝》中这样写道：“秋阴时晴渐向暝，变一庭凄冷。伫听寒声，云深无雁影。更深人去寂静，但照壁孤灯相映。酒已都醒，如何消夜永！”

又是一个阴雨绵绵的秋日，就算偶有放晴也已经是傍晚时分了。庭院之中冷冷清清的，独自伫立在庭院之中静听秋声，茫茫云海深处不见鸿雁的踪影。夜深人静，客舍更是寂静，只有一盏孤灯和我的人影相映。浓浓的酒意已经散去了，如何熬过这漫漫长夜啊！

这原是一首旅途之词，因客居他乡，又遭遇秋雨，心中不免生出悲秋的愁绪，所以孤枕难眠，辗转反侧，便是喝醉了酒，也无法抵御心底的凄凉与寒冷。

“自古圣贤多寂寞，唯有饮者留其名。”古往今来，酒与文人结下了不解之缘，如李白的“花间一壶酒，独酌无相亲。举杯邀明月，对影成三人”、白居易的“无如饮此销愁物，一饷愁消直万金”、王翰的“葡萄美酒夜光杯，欲饮琵琶马上催。醉卧沙场君莫笑，古来征战几人回”等。

只可惜，当写诗之人处于“众人皆醉唯吾独醒”的时候，并不能化解他心中的万千愁绪，反而会酒入愁肠愁更愁。

李煜爱酒、爱美人，唯独不爱江山，在他早期的作品之中，有多首诗词表现的是他与美人饮酒作乐到天明的情景。

李煜前期喜欢的酒带着旖旎、瑰丽的色泽，融在他的诗句之中，这酒在渔父的口中就变成了“一壶酒，一竿身，快活如侬有几人”，在美人唇中就是“向人微露丁香颗，一曲清歌，暂引樱桃破”。

而在他后期的作品之中，酒就变成了消愁之物，如“醉乡路稳宜频到，此外不堪行”。

北宋刘斧曾在《翰府名谈》里有过记载，说李煜在被幽禁期间，“务长夜之饮，内日给酒三石”。赵匡胤担心他会醉酒而死，便不再让人继续给他供酒，但李煜却上表说道：“不然，何计使之度日？”

赵匡胤听罢也觉得有道理，不喝酒让他如何打发那些闲暇的时间呢？还是恢复供酒吧！

有国归不得，有家回不去，这是李煜心底最深的痛。囚禁在汴京之中的屈辱，还有赵匡胤阴晴难定的态度，都让李煜如履薄冰，战战兢兢。

他希望“醉乡路稳宜频到”，可偏生这条路“此外不堪行”。酒醉之后，他就可以进入梦乡，在梦乡之中找到那条归乡的路。所以对于此时的李煜来说，梦乡就成了他心中最好的去处。

第二节 芦花深处泊孤舟

“凌波微步，罗袜生尘。”曹植在《洛神赋》中这样描写美人匆匆走过横塘时的情景。满城飞絮之时，正是江南春季最美的时节。一城烟雨一楼台，一花只为一树开，此时的江南，就像是一位倾城绝代的佳人一般，微蹙双眉，眸子里带着薄薄的水雾，在一颦一笑间，便醉了过往之人。

宋代词人贺铸在《青玉案·凌波不过横塘路》之中这样写江南：“凌波不过横塘路，但目送、芳尘去。锦瑟华年谁与度？月桥花院，琐窗朱户，只有春知处。飞云冉冉蘅皋暮，彩笔新题断肠句。试问闲愁都几许？一川烟草，满城风絮，梅子黄时雨。”

美人轻移莲步从横塘前匆匆而过，只能目送她像芳尘一样渐行渐远的芳姿。原本正是花样的年华，什么样的人才能与她一起欢度呢？是在那座修着偃月桥的花院里，还是在那座朱红色的门扉映着美丽的窗棂之中。只有春天才能找寻到她的住所吧！

飞云在空中拂过，城郊在暮色之中时隐时现。失去了佳人的芳踪，我用彩笔写下断肠的诗句。若要问我闲愁有几许？就像那一川烟草，就像那满城飞絮，就像那梅子黄时绵绵的雨水漫无边际。

贺铸一生怀才不遇，只做过一些小官，他将自己在官场上的不得志通过诗文的方式表达了出来，这种写作的手法是古时候文人惯用的一种手法。

“美人、香草”古往今来都是高洁的象征。贺铸生性耿直，不媚权贵，作者以居住在香草河畔的美人清冷孤寂，作为自己的形象写照，来抒发自己怀才不遇的凄凉心情。

宋军攻破了金陵，李煜被迫降宋，被软禁在了汴京，终日无所事事，心中的苦楚无处诉说。

在心有戚戚焉的人眼中，一年四季都有不同的忧伤与哀怨，春花秋月，落花有意，流水无情。这世间总有一些得不到又忘不掉的苦楚。

便是尊贵如帝王也是无法挽留春去秋来，百花萧瑟的凄楚场景。

江南的春景在李煜心中是无可比拟的，苏轼说：“水光潋滟晴方好，山色空蒙雨亦奇。”韦庄说：“春水碧于天，画船听雨眠。”陆游说：“江南烟雨岸，何处不堪留？”

关于江南的春景，李煜这样写：“闲梦远，南国正芳春。船上管弦江面渌，满城飞絮辊轻尘。忙杀看花人！”

当初李煜带领后妃、子弟、官属匍匐在汴京城下，等待赵匡胤降罪的时候，曾有官员建议赵匡胤用太庙献俘之礼对待李煜，就如同当年对付南汉国主刘鋹那样。

但赵匡胤说："李煜曾一度臣服于我，刘鋹不能相比。"因此授予李煜为右千牛卫上将军，封为违命侯，随行李家子弟被授予大将军的称号。就是随行到汴京城中的大臣也都分别被授予了官职，并各有封赏。

据传闻，当初赵匡胤接见李煜的时候，曾经问他："闻卿善诗，可举一联。"

李煜思量良久之后，吟出了这样的一诗联："揖让月在手，动摇风满怀。"

打开手中的玉扇，就像是明月在手，轻轻扇动玉扇，便能感觉到缕缕清风扑面而来，荡满胸怀。意思是文人把扇，红袖添香是文人雅士争相追逐的一种浪漫生活方式。此句若是用在寻常文人身上自是极佳之句。但李煜作为一国之君，不图宏图大业、国泰民安，却只贪图一时的享乐，未免就显得太小家子气了。

也难怪宋太祖听后便道："满怀之风何足道！""好一个翰林学士。"充满了侮辱的意味在里面。

赵匡胤行伍出身，又志在天下，自是对"动摇风满怀"这样的情怀心有不屑。而李煜心思细腻，诗词造诣极深，自然无法对赵匡胤这种"须臾走向天上来，逐却残星赶却月"的粗俗情怀表示赞同。

但成王败寇已成定论，此时的李煜已经沦为了亡国之君，面对此情此景亦只能垂首接受，再无反驳的余地。但道不同不相为谋，遥想昔日在南唐宫中，他与同好红粉佳人，共同举杯，诗词唱和的情景，心中越发苦闷不已。

作为阶下囚，李煜所受的侮辱远非如此，古往今来因亡国降王封爵之人甚多，但鲜有以“违命侯”这种带着侮辱性质的封号。这就充分说明赵匡胤虽然表面显示宽厚仁义赦免了他，但心中还是对他昔日屡次违抗命令不肯进京，心有芥蒂。

不过对于孤单无助的李煜来说，能保住性命已属不易，相比不明不白暴毙的后蜀旧主孟昶要强得多了。

虽然如此，他心中的苦闷日积月累积压在心中，无法排解。

闲梦远，南国正芳春。船上管弦江面渌，满城飞絮辊轻尘。忙杀看花人！

闲梦远，南国正清秋。千里江山寒色远，芦花深处泊孤舟，笛在月明楼。

又是一年春来到，汴京城中寒冬末梢，春意尚早。而南国的金陵城此时应是花团锦簇、满城飞絮之时了。

千百年间，先后有吴、东晋、宋、齐、梁、陈六朝在金陵建都。经过几世的风雨辗转，苦心经营了二年的李昪，终于完成建国的宏愿，定都金陵。

四十年的繁华就似一场旖旎的春梦，秦淮河见证了一代又一代的新旧交替，春去秋来。

金陵城对于李煜来说，就像他前半生的印记，浓缩了所有的幸福回忆。那一座座古刹，一座座碑文，满城的飞絮，还有那一条永不停歇的秦淮河，早已融入了他的血脉之中，变成了他身体的一部分。

随着他的呼吸起起落落，在深夜的辗转反侧之间，蜂拥而至。李煜借这首《望江南·闲梦远》来抒发对金陵城的怀念。

对于曾经生活在金陵城之中的李煜来说，他认为自己就是金陵城的一部分，他在金陵城的滋养之下繁衍生息，是金陵城给了他生命，给了他滔滔不绝的创作灵感。

可当他远走他乡，归降入宋之时，他才明了，金陵城于他而言，更像是他身体的重要组成部分。

丢失了金陵城以后，他的心就空了一大块，任凭他用再多的酒水都无法将它蓄满。

心底缺失的部分就像是一个无底的黑洞一般，日夜不停地吞噬着他的血肉。所以他以可以眼见的速度衰老了下去，才不过四旬的年华，便已是满面沧桑，满头华发了。

金陵城更是六朝的缩影，那随处可见的文物古迹，更是引得文人墨客争相咏颂。

苏轼这样写金陵城的离别之意："千古龙蟠并虎踞。从公一吊兴亡处。渺渺斜风吹细雨。芳草渡。江南父老留公住。公驾飞车凌彩雾。红鸾骖乘青鸾驭。却讶此洲名白鹭。非吾侣。翩然欲下还飞去。"

王安石这样写金陵的昔胜今衰："自古帝王州，郁郁葱葱佳气浮。四百年来成一梦，堪愁。晋代衣冠成古丘。绕水恣行游，上尽层城更上楼。往事悠悠君莫问，回头。槛外长江空自流。"

而金陵城却在李煜心中永远定格，他只记得它"闲梦远，南国正芳春。船上管弦江面渌，满城飞絮辊轻尘。忙杀看花人”的样子。

唐代诗人皇甫松这样写道：“闲梦江南梅熟日，夜船吹笛雨萧萧。”渐入梦乡之时，梦中的江南正是青梅成熟之时，在静谧的雨夜之中，江中来往的行船发出阵阵悠扬的笛声。

“郎骑竹马来，绕床弄青梅。”看着眼前的春色，李煜忽然忆起与大周后和小周后初见时的模样，那时的他与她们亦是像这般两小无猜，恩爱相伴。

可现如今呢？大周后早已香消玉殒，而娇嫩可爱的小周后，也已经是满脸沧桑的模样了，怎能不让人伤感啊！

四十年来一场梦，如今再想回到金陵，也只能在梦中了。“闲梦江南梅熟日”，如今的江南春光正好，正是梅子成熟的季节了吧！游船之上管弦之声不绝于耳，江水碧绿一片，正是满城飞絮之时，淡淡的雾气笼罩着整个金陵城，因为景色太好，忙坏了那些踏青、赏花的人们。

但身在汴京之中的李煜，早已远离了江南的这些美景，把对故乡的渴望寄于一场闲梦之中，或一首首诗词歌赋之中。

他想提笔描绘江南的春色，却发现那满目的葱绿被一层烟雾笼罩着，雾里看花，又怎能看得分明呢？

被薄雾遮住的岂止是花呢？还有他缥缈的、毫无希望的未来啊！

还在南唐之时，他厌烦透了那些无休止的朝堂之事，他多想偷得浮生半日闲，把这些烦琐的国事统统抛开，把自己埋在春色之中，一直沉醉莫要醒来。

今日当这个愿望忽而实现的时候，他却发现心中充满了无可事事的“闲愁”，这让他明白，被需要、被关注原来是那样令人向往。

只可惜，他明白得太晚，如今他只能像一个日渐迟暮的老朽一般，仓皇度日。

与江南金陵城艳丽的春色相比，秋色就有几分“寒色远”的意味在其中了。

秋色将南唐的千里江山笼罩着，不见了昔日的喧嚣，飘飞的芦花深处泊着一叶孤舟，悠扬的笛声在洒满月光的高楼之中不停地回荡着，惊醒了梦中的诗人。

原来又是闲梦一场啊！江南的秋色正浓，不知那芦花深处的一叶孤舟，可否能渡他回到故乡，再听一听教坊内宫娥们为他吹奏的离歌。

只可惜美梦易醒，他并未等来那一叶能渡他归国的孤舟，反而被困在赵匡胤赐给他的这方小院之中。他不知这方小院会不会像一叶孤舟一样，载着他与家人，平安地度过余生。

春的繁华与秋的落寞，像极了李煜两个极端的人生，而他乘着命运赐给他的一叶孤舟，却不知道该在哪里靠岸。他的人生被浓雾所笼罩，四周飞花飘絮，哪里还分得清是虚幻还是现实。

因为他被软禁着，被监视着，便是这番思乡的情绪，也是不敢直白地表露出来的。只能把这番思绪，怪在“闲梦”之上，因为太闲，所以才会生梦啊！

在梦中，他又变成了那个龙袍加身，前呼后拥，奢靡风流的后主李煜，乘着彩车，在文武百官的簇拥之下，在各宫美人的相伴之下，赏春踏秋，登高望远，祈愿南唐国泰民安，祈愿这一生的富贵可以长长久久。

但其实呢，入宋之后，李煜还与老去的宫女庆奴保持着联系，他在给庆奴的信中这样写道："此中日夕，只以泪眼洗面。"

他心中的这些忧伤的眼泪，怕是连秦淮河上的舟舫都载不动。但那又如何呢？昔日无上荣光的南唐之主，如今只能靠给老去的宫女写信，来慰藉这颗孤寂的内心了。

亦是到了此时，他才真正明了庆奴当日的哀凉。若是没有经历过极致的繁华，便也能安然度日了。

但经历过那样的繁华之后，还让他怎能守着寂寞，苦苦度日啊！

面对庆奴，他心中有悔恨，亦有感激。若是早知有今日，那时就该对她再好一点，好让她的余生不再那么苦短。

李煜与庆奴的对话，多像是命运的几番轮回啊！岁月匆匆而过，时间又曾饶过谁？

但李煜的这些思念，细碎得就像是指间沙，越想紧紧地握住，它们越是悄悄地溜走。

直到那一夜李煜从午夜梦回中醒来，竟怎么也想不起南唐此时的模样了，他亦记不起今夕是何年了。

那些繁华的过往，越发像一场梦境，在他不堪的现实面前，脆弱得不堪一击。

历史的长河奔涌向前，匆匆埋葬了那些为了南唐而战死的将士，他们的尸骨还未寒，南唐的百姓便已习惯了宋军的统治。

他们麻木而机械地苟活着，仅在梦中才会忆起，在很久以前，有个如清风明月一般的君主，以仁慈治理着天下，让他们有过一段细碎的幸运。

但那又如何呢？这些百姓就像是秦淮河水一般，一代一代见证着金陵城的兴衰荣辱。

李家短短四十年的统治，终已成为一页泛黄的历史，终会被埋葬在满城的飞絮之中。

第三节　风回小院庭芜绿

“春风又绿江南岸，明月何时照我还？”这首诗写于王安石变法失败之后，宋神宗下诏恢复王安石丞相之位，他奉诏回京之时。因为心情愉悦，不免觉得春风得意，他希望借助这股子温暖的春风，能够驱散朝堂之上的寒流，把他所坚持的新法继续推行下去。

因为心情愉悦，这春风、春色在王安石眼中，便有了不同的色彩。所以春风不但吹绿了江南岸，也吹去了积压在王安石心头的沉郁之气。

而李煜此时，已经迎来了汴京的第二个春天了，他多希望也有这样一股温暖的春风，能吹去他心头的沉疴，吹绿他旖旎的江南梦境。

汴京的春风并未吹去李煜心中的忧愁，却吹开了宫闱之中的梅花，吹绿了他这方小院里的春色。

汴京的春风让这片被人遗忘的小院，重新焕发了勃勃生机。

但李煜低沉的心情，却没有因此而焕发出生机，反而瞧见这满目的葱绿，越发怅然不已。

看到枝头春色，便遥想到金陵的满城飞絮，他从清晨一直到日上三竿，一个人孤独地倚在栏杆上。心中的愁苦无处可诉，亦无人可说。

宋太祖赵匡胤虽然并不能对李煜过去的“不恭”完全释怀，但他算是一位开明的君主，亦是颇有明主的风范，所以并未过分为难李煜，只是有时揭一揭李煜的伤疤，看李煜俯首称臣的模样，满足自己内心的征服欲望而已。

开宝九年（976）十月，赵匡胤突然莫名暴毙，其弟赵光义随后继位，史称宋太宗。此时，离李煜肉袒出城，被押赴汴京不过十个月的时间。

赵匡胤死得不明不白，坊间有许多猜测，其中流传最多的当属龙帐斧影之说，认为是赵光义为了夺得皇位，趁着赵匡胤熟睡的时候，用斧头杀死了自己的亲兄长。不过这也只是坊间流传的一种猜测，并没有确凿的证据。

赵光义称帝之后，于同年十一月颁发诏书，废除了李煜“违命侯”的爵位，改封其为“陇西郡公”。由侯晋升到公，表面上看起来是把李煜的身份给提高了。但是赵光义这么做，无非是为了标榜自己仁义的一个冠冕堂皇的装饰罢了！

因此，后主的爵位身份虽提高了，但实际的待遇并没有得到任何的改善，反而比以往有所下降。

赵匡胤在位之时，后主因为天天饮酒，太祖可怜他的境遇，特地准许每日提供酒三石供他饮用。

但赵光义继位以后，便下令停止给李煜供酒。多亏朝中有大臣为李煜求情，说："如果不让后主饮酒，那他该如何度日啊！"赵光义这才答应了继续给李煜供酒的请求。

所以李煜虽然职位提高了，但其实跟以前的待遇差不多。

但李煜骄奢惯了，靠着宋朝这点俸禄度日，明显是入不敷出，难以为继。江南带出来的金银珠宝本就不多，大部分又让李煜贡献给了普光王寺，能带到汴京的就更少了，经过这些时日的耗用，也花费得差不多了。

李煜只好忍辱受屈地向赵光义诉贫，以示自己的不易。赵光义最终无奈，很不情愿地下诏书增加了李煜的月俸，并赏赐了三百万个铜钱。

赵光义曾不止一次地宣扬，自己并无其他嗜好，就是酷爱读书。而读书的目的就是探察古今兴亡，并以史为鉴，择善戒恶，以利治国平天下。

但观其后来对小周后所做的一系列恶行，可见其也不过是一个道貌岸然的伪君子罢了。

赵光义此人虽然心胸狭窄，却也懂得一些风雅，颇好读书，文采亦是不俗，所以经常抒写诗文，研习书法，并且召集群臣与自己唱和。可是他却不懂得以文会友的道理，也不懂得如何去敬重文人。

后主李煜虽然文采傲视，但不幸沦为亡国俘虏，从而得不到赵光义的半分赏识和怜悯，反而经常被他讥讽。

自打赵光义继位之后，鉴于原有三个藏书场所狭小、简陋的原因，无法满足"蓄天下图籍，延四方贤俊"，其下诏另建藏书馆，赐名崇文院。

这一日，赵光义听闻崇文院已然建成了，便下旨让降臣等一同前往崇文院观书。赵光义指着崇文院内收藏的旧日藏书，对李煜说道：“闻卿在江南好读书，此简策多卿旧物，归朝来颇读书否？”

在宋朝攻破金陵城之前，李煜曾叮嘱黄保仪一旦城破，便把宫中他心爱的藏书付之一炬，由此可见，他是多么不希望这些典藏的书籍落入宋人手中。

赵光义明知李煜心中所想，却偏要在人前提及此番过往。李煜被骤然揭开伤疤，面对这些旧日爱物如他一般沦为了他人之物后，心中不禁百感交集，酸楚、凄凉无比。原本就难以自持，再加上赵光义这番冷嘲热讽，更是五内俱焚，心如刀绞。

但人在屋檐下不得不低头，纵有满腔的悲愤，他亦是不敢有丝毫的外露。只是这样尴尬的问题，让他该如何回答呢？只能跪地叩首谢恩了。

原本李煜在丢掉国家、皇位沦为俘虏入宋以后，能支撑着他走到今日的，怕就是心中这一点旁人无可比拟的文化高贵自由吧！

可是如今，他不但丢了权柄，便是连基本生活都无法保障，还得依靠在赵光义跟前乞怜才能得以存活。再加上他心中仅有的一点自尊和骄傲，如今也被赵光义当众撕碎，肆意践踏。此时他心中的悲凉定是达到了极致。

对于赵光义继位以来的所作所为，李煜早有耳闻，至此他越发惶恐度日，如履薄冰，生怕稍有不慎便落得个祸从口出，惹祸上身的凄惨下场。

直到此时，他才了解，为什么南汉刘鋹自从降宋以后，便故意装傻卖痴，对宋太宗曲意奉承，实则是为了保全身家性命的无奈之举啊！

同时他也理解了蜀汉降王刘禅为什么会“乐不思蜀”，曾经他是那样嘲讽过他啊！如今等李煜设身处地之时，才真的明白，作为降王不管你怎么俯首称臣，战战兢兢，都无法真的取得对方的信任。

稍有不慎，可能就会被冠上思谋东山再起的罪名，从而给自己惹来杀身之祸。因此李煜思及自己整日醉酒，若是不小心在表疏之中出了差错，那可是要惹祸上身的。

于是他向赵光义上了一道表疏，陈述了自己的请求。赵光义这一次居然大发善心，答应了他的请求，令徐元楀、潘慎修为李煜处理官方来往的信函。终日惶恐不安的李煜，这才稍稍安下心来。

风回小院庭芜绿，柳眼春相续。凭阑半日独无言，依旧竹声新月似当年。

笙歌未散尊罍在，池面冰初解。烛明香暗画堂深，满鬓青霜残雪思难任。

此时的李煜所处的环境虽是远离繁华，但亦有“笙歌未散尊罍在”之时。不过，也有学者认为，此阕词中的“笙歌”应是李煜回忆之中的场景，他心中的这些痛苦无法排解，只能把希望寄托于春风，希望春风可以带着他魂归故里，重温那样一场旖旎的笙歌与酒宴。

醉眼蒙眬间，李煜恍然又回到了美轮美奂的金陵城，笙歌美酒在唇畔，如玉佳人在身侧，教坊之中的宫娥朱唇轻启，歌喉嘹亮，他再次沉醉其中。

往常早春之时，李煜备下迎春的宴席，席间君臣同乐，美人在怀，大家欢愉地举杯，共享这初春的喜悦。

柳枝下、栏杆旁……处处都留下了幸福与喜悦的回忆，新月当空，皎洁的月色映在如玉的美人脸上，琥珀美酒，夜夜笙歌，这才是李煜心中所向往的生活啊！

美好的回忆陡然被拉回，李煜再次跌入了凄凉的现实之中。又是一年春来到，春风吹生了新草，吹绿了柳枝，像一双温暖的手，拂过了人间每一处。并未因为李煜是降臣，春光就不肯前来。

李煜久久伫立在栏杆前，不言亦不动，空中的新月虽然一如往常，可如今物是人非，每日为了保命而战战兢兢地苟活，哪里还有当年赏月的心境与情绪。

如今这象征着希望的一弯残月看在他眼中，竟是多了几分凄凉的味道。月盈则亏，人生亦是如此啊！

遥想昔日的那些繁华，再与眼前凄凉的境遇相比，让他如何还能保持昔日的那份初心啊！

恍惚之中，悠扬的乐曲还在不停地演奏着，酒宴并未散席，池面冰雪消融。夜深人静之时，那些华丽的宫殿也变得逐渐幽深、远离。

美梦易碎、易醒，当过往的一切被抽离，他再一次回到了凄凉的现实中。

如今李煜已经两鬓斑白，年老体衰。原本应是享尽天下极乐之时，可如今却偏偏要承受这极度的忧思之情啊！

宋朝王铚在《默记》中记载，太宗曾派徐铉去探望李煜，李煜居住的门外有士兵守卫。徐铉说明是奉皇上的旨意前来探望，“老卒往报。徐入，立庭下”。由此可见李煜所处环境的真实状况。

太宗对他虽未正式囚禁，却不能自由出入，与软禁差不多。

李煜在贵为帝王之时，断然想不到会有一日为五斗米而折腰，甚至被人限制了自由。他感觉自己就如这庭院之中的野草一般，虽有生命，却再也无人欣赏，只能躲在阴暗的角落里，暗自神伤。

便是这冰雪消融、万物复苏的初春，在他眼中也有了凄凉、哀伤的味道。

同是描写春天，李煜写出了春天的哀伤，他们却写出了春天的繁茂，韩愈在《晚春》中这样写道：“草树知春不久归，百般红紫斗芳菲。”贺知章在《咏柳》中这样写道：“不知细叶谁裁出，二月春风似剪刀。”姚合在《早春山居寄城中知己》中这样写道：“残云带雨轻飘雪，嫩柳含烟小绽金。”

而宋代女诗人朱淑真却在《蝶恋花·送春》中借助春天的景色，写出了对昔日美好生活一去不复返的追恋哀伤，倒是与李煜这首《虞美人·风回小院庭芜绿》有着异曲同工之妙。

楼外垂杨千万缕。欲系青春，少住春还去。犹自风前飘柳絮。随春且看归何处。

绿满山川闻杜宇。便做无情，莫也愁人苦。把酒送春春不语。黄昏却下潇潇雨。

楼外的垂柳有千丝万缕，仿佛想要拴住这大好的青春一般，可春天只是稍稍停留便匆匆离去了。只有满城的柳絮仍然在风中飞舞，想要随着春风一同离去，看看春归向了何处。

碧绿的山野之中传来一声声杜鹃的哀鸣之声，杜鹃即便是无情，但它也知道为人愁苦。举起酒杯送别春天，春天却沉默不语，黄昏时分忽而下起了潇潇春雨。

李煜又何尝不想用这千丝万缕的垂柳拴住那匆匆而逝的金陵美梦，只可惜只能“凭阑半日独无言”“满鬓青霜残雪思难任”。

宋朝王铚在《默记》中亦曾记载：“又后主在赐第，因七夕命故妓作乐，声闻于外。太宗闻之大怒。”可见李煜当时的不堪处境。

此时李煜人到中年，突遭国破家亡，陷入寄人篱下的悲惨境地，忍受着各种各样的屈辱与不堪，他见春思春，哪里还有半分寻春踏青的心思。只觉岁月催人老，华发早生啊！

第四节 自是人生长恨水长东

宋朝诗人晏殊在《浣溪沙·一曲新词酒一杯》中这样写春天的景色："一曲新词酒一杯，去年天气旧亭台。夕阳西下几时回？无可奈何花落去，似曾相识燕归来。小园香径独徘徊。"

听一曲新词喝上一杯美酒，去年此时也是这样的天气，也是这样的亭台楼阁，也是这样听着清歌，品尝着美酒，仿佛一切如昨，但岁月悠悠，物是人非。夕阳虽美丽，只惜近黄昏。

诗人虽努力想留住夕阳西下，但亦知晓他没有能力挽留，只能寄情于夕阳东升再现。

然而夕阳西下，明早还有东升的希望，但岁月流逝，人世变迁却再也没有重来一次的可能。

春去秋来，花开花落，与时间的流逝一样，都让人无力去挽留，但是就算满心的惋惜又能怎么样呢？还不是无可奈何花落去。

好在这暮春的季节，并不全是"无可奈何"的凋残与衰败，那翩翩归来的燕子，不就像是去年在此处筑巢的旧相识吗？

一切美好的事情都有它必然要消逝的一面，但同时那些消逝的美好事物，都有再回来的一天，生活并不会因为这些消逝就变得一片虚无。

但那些归来的旧相识，却因为时过境迁而变了模样，亦只能是“似曾相识”罢了！

晏殊这首诗，颇有几分因果循环的禅意在其中。

而在李煜心中，又何曾不期待这种“春去春又来”的景象呢？

林花谢了来年还会再开，只可惜岁月匆匆而过，却没有再回还的那一天。若是人生可以像旭日东升、冬去春来一般的不停反复，那他一定会珍惜那些旧时光，不再像先前那般浑浑噩噩度日，勤政爱民，保家守国，那样是不是就可以留住那些匆匆而逝的美好光阴呢？

可惜，人生没有重来，时光不能倒流。因此李煜只能在此感叹：“自是人生长恨水长东。”

李煜二十五岁登上帝位，虽然初始他本无心帝位，甚至从心底是抗拒的，他向往的是渔父那样自由自在的生活啊！

但等他坐在帝位之上面对百官朝拜，坐拥后宫佳丽三千，享尽这世间奢华的时候，彼时，在他心中亦是希望这帝位能够长长久久的。

为此，对这大好的江山，他亦是有过努力的。

只是勤政爱民与欢愉享乐相比，前者总是太过乏味。对于李煜这种满身诗词风骨的文人来说，枯坐在那高高的皇位之上，像个木偶一般，实在太过无趣，便是他心中的灵感都逐渐被朝堂之上的琐事磨得消失殆尽了。

他许是给了自己一个错误的定位，先是文人，后才是君王。作为一个文人来说，保持长久的创作激情和创作灵感非常重要。

而李煜的创作灵感来源于哪里呢？就来源于和无数红粉佳人嬉戏之中，来源于灯红酒绿的笙歌燕舞之中，来源于怀中美人的“丁香颗”之中。

所以他沉醉在这片虚无的繁华、喧嚣之中，无法自拔！

或许就像他诗中所说的那样：“玉树琼枝作烟萝，几曾识干戈？”本是金尊玉贵之体，又生在太平盛世，他亦是不求一统天下，只求能在美丽的南唐偏安一隅，守着眼下的浮华，平安度过这一生就好。

他自己没有雄心大志，亦认为旁人也是如此想，安心享受眼前的荣华富贵不好吗？

所以李煜当初得知宋军企图搭建浮桥渡过长江，来攻打南唐之时，还只当是个笑话，并不以为意。

可不过短短两年的时间，赵匡胤就把宋军的大旗插在了金陵城高高的城墙之上。

而此时距离李煜登基只有短短的十四年。

这十四年，本是李煜人生之中最好的年华。风华正茂、诗词绝伦、有美人相伴、江南风光正好。

或许就像晏殊诗中所写“夕阳西下几时回？无可奈何花落去，似曾相识燕归来”那样，凡是太过美好的事物都不会长久。

所以李煜心中这些所有的美好，都随着时间悄然而逝。当宋军兵临城下之时，李煜才从这场华丽的梦中陡然醒来。

因此他才感慨：“四十年来家国，三千里地山河。凤阁龙楼连霄汉，玉树琼枝作烟萝，几曾识干戈？”

他迷迷糊糊做皇帝，稀里糊涂献城投降，带着眼泪，带着满心的仓皇，来到了汴京，成了阶下囚。

这一切都像是诗中所说的“太匆匆”，这三个字又何止是针对满地的落红，简直就是李煜命运的真实写照啊！

“林花谢了春红，太匆匆。”花开花落本是人生常态，但这一地的落红看在李煜眼中，却觉得刺目、凄凉。这些娇嫩的花儿原本应该被细心呵护着，又怎么经得起晚来凄风苦雨的侵蚀？

“春红”本是春季最美丽的饰品，但如此美丽的景象，竟然突然就谢了，一切都是那样的匆匆，多么令人感伤啊！

落花本有意，流水太无情。在李煜看来，那“四十年来家国，三千里地山河”的盛世南唐，怎么就像林花一般，好端端的就突然凋谢了，一切都发生得太匆匆啊！

南唐就像是一朵绽放的“春红”一般，原本应该被人捧在手心呵护着，又哪里禁得住宋军的铁蹄碾压。那朵美丽的花儿，如今也只落得满地残红，复又零落成泥碾作尘，任人践踏。

自打赵光义登基以后，比赵匡胤对李煜限制得更加严厉，禁止李煜与任何人接触，尤其是南唐旧臣，也不能随意外出。

他只能哀伤地蛰伏在礼贤宅之中，过着寄人篱下的悲苦生活，因为太“闲”，所以他心中的这些愁苦被无限度地放大，每每思及过往，都觉得痛彻心扉，辗转反侧，难以入眠。

礼贤宅是赵匡胤当年专门为李煜打造的，从外部建筑到里面的亭台楼阁、水榭花园，都是按照昔日金陵皇宫来打造的。赵匡胤原本是希望李煜能再次安心入住“乐不思蜀”。

可是这些熟悉的景致看在李煜眼中，睹物伤怀，越发地思念南唐故土，心中满腔的苦楚亦是无处可以诉说，任凭他愁断肝肠。

当初在宋朝日益强大之时，李煜若是能听得进去官员的进谏，励精图治，在南唐岌岌可危之时，早日做出自保的实际行动，或许今日他就不会落得如此凄惨的下场。

只可惜，他当日只是一味地对赵匡胤卑躬屈膝，甚至不惜自降名头，俯首称臣，每年送出大量金银钱财以求自保。

但当北宋逐一歼灭江南诸国之时，李煜才终于有了唇亡齿寒之感，只是“无奈朝来寒雨晚来风”，南唐终究成了飘摇在狂风暴雨之中的稚嫩花瓣，在北宋强大的攻势之下，四十年的基业一朝间灰飞烟灭。

李商隐在《落花》中这样写道：“高阁客竟去，小园花乱飞。参差连曲陌，迢递送斜晖。肠断未忍扫，眼穿仍欲归。芳心向春尽，所得是沾衣。”

这首诗作于李商隐因为陷入了牛李党争之中、闲居永业之时，当时诗人境遇不佳，心情烦闷，因此看到落花时节，触景伤情，把落花季节写得柔肠寸断。借助对落花命运的怜惜之情，来表达诗人对美好事物被摧残的惋惜之情。

李商隐这首咏落花的诗与后主这首《相见欢·林花谢了

春红》：

> 林花谢了春红，太匆匆。无奈朝来寒雨，晚来风。
>
> 胭脂泪，相留醉，几时重。自是人生长恨，水长东。

同为表现美好事物面临凄风苦雨，转而走向衰败的哀叹之意，可谓是相得益彰。

“无奈朝来寒雨，晚来风”，因为朝来寒雨，晚来风，所以才导致林花谢了，太匆匆。恰如南唐覆灭是因为宋军来袭一般，这些美好的事物都是因为外力所致，才匆匆凋残。

可是面对这些强大的外力，娇嫩的林花只能随着风雨飘摇。而满腹惆怅的李煜只能随着宋军来到汴京，做了阶下囚。

林花无法掌握自己的命运，李煜也同样无法掌握自己的命运，两两相对，看到落红，便生出了怜惜之意，生出了无可奈何花落去的感慨之情。

“胭脂泪，留人醉，几时重。自是人生长恨，水长东。”风雨过后的满地落红，恰似美人脸上的胭脂泪，让人感觉无比悲伤，心也跟着迷醉。这一次分别不知道什么时候才能再相聚，只能一声长叹，人生充满了离愁别恨，恰似一江春水向东流。

亡国之后，李煜寄人篱下，不但无法自由出行，便是这满腹的幽怨之气也是不能很直白地表达出来。为了自保，为了不惹火上身，战战兢兢的李煜只能把满腹的忧思，用这种隐晦的手段表达出来。

他把心中的愁苦寄托在匆匆而逝的林花之上，他写风雨无情，写人生长恨，写人生迷醉，更是问了一句“几时重”。

面对美好事物的匆匆离散，诗人只觉得心中愁苦，却又爱莫能助。但是他心中又会时常忆起江南春日的美景，以及静静流淌的秦淮河。

他想问一问朝来的寒雨，晚来的风，被你们摧残过后的美景，何日才能再见？他亦想问问高高在上的宋朝君王，被宋军铁蹄践踏过的江南，他何日才能回还？

然而回答他的只有呼啸而过的春风，席卷着满地的落花。胭脂泪虽美，却太过凄凉，这心中的愁恨啊，就像是秦淮河水一般，滚滚东流去，一去不复还。

丧国离家，他体味了那时李从善在北宋为人质的凄楚心情，体味了国破家亡之后的颠沛流离，体味了幽居礼贤宅中的孤苦无依。

礼贤宅内满地的落红，刺得李煜遍体生寒，满目疮痍。而眼前熟悉的一切又一再让他想起过去的种种美好，越发让他难以忘怀故国山河的欢愉岁月。

那时，千里山河如画卷，美酒佳肴如琥珀，美人如玉剑如虹，诗词歌赋贯穿他的内心，雕栏玉砌应犹在的金阶华景载满了他的美梦，金莲上婀娜的舞姿，美不胜收的霓裳羽衣舞，还有那泠泠的琵琶声，和赤着脚、提着鞋与他画堂偷偷幽会的娇俏女子，组成了他生命之中最绚烂的往事。

然而这些昔日绚烂的春花，依然在岁月无情的摧残之下匆匆而逝，徒留下满腹的伤感，孤独地立在春风之中，伤春悲秋。

从曾经君临天下的君主，到今时人在屋檐下的囚徒，巨大的落差，带给李煜的是灵魂的拷问。

至此，李煜的诗词之中，再也看不到曾经的缠绵与旖旎，再也闻不到那暗香浮动的春色，有的只是无尽的哀思，满腔的愁怨，以及对故土的追忆之情。

或许，他希望这所有的离愁别绪、困苦不堪都能随着滚滚东去的流水而逝去，而这场旖旎的春风可以载着他，梦回故里，开怀畅饮。

第五节 梦里不知身是客

听着窗外淅淅沥沥的春雨声，预示着又是一年春来到。枕着这雨声入眠，竟是一梦千年，恍惚中仿佛又回到了巍峨的金陵城。

那里的春天香飘四溢，“宝马香车清渭滨，红桃碧柳禊堂春”。傍花随柳，满城飞絮，恰是一年好光景，秦淮河上游船如织，川流不息。

站在金陵城高高的城楼之上，眺望南唐三千里地山河，入目皆是“凤阁龙楼连霄汉，玉树琼枝作烟萝”。那一刻他恍惚觉得，自己原本就应是生于此地，而并非过客。

抚摸秦砖汉瓦，踏过江南长满青苔的青石板，那打着油纸伞的姑娘，竟依稀有了娥皇的娇俏模样，在与她擦肩而过的瞬间，她冲我回眸一笑百媚生，暗淡了整个春光。

一夜入梦，再次醒来之时，窗外的春雨依然在淅沥，春风卷起一地的落红，一片萧瑟的景象，入目之处哪里还有江南之美，有的只是呼啸而过的北风，以及暮春过后的凄凉。

李煜对江南故国念念不忘，情绪萎靡不振，彻夜辗转反侧，很快便“沈腰潘鬓”了。因为心中的苦痛无法排解，便终日与酒为伴，在半梦半醒之间梦回故国。

虽然后世之人多把《虞美人》作为李煜的绝笔之词，但《乐府纪闻》曾有记载：后主归家后与故宫人书云：“梦里不知身是客，一晌贪欢……流水落花春去也，天上人间”……旧臣闻之，有泣下者。七夕在赐第作乐。太宗闻之怒，更得其词，故有赐牵机药之事。

北宋蔡絛在《西清诗话》中也曾有曰：诗人（李煜）归宋后，“每怀故国，且念嫔妾散落，郁郁不自聊”“尝作长短句流水落花春去也……含思凄婉，未几下世”。认为这首《浪淘沙》才是李煜的绝笔之词。

因为亡国离家，又寄人篱下多番屈辱，就算李煜百般隐忍，宋太宗赵光义也并没有因此就心生怜悯，轻易就放过他，反而在他伤痕累累的心上又狠狠剜了一刀。

赵光义垂涎小周后的美貌已久，奈何那个时候小周后还是南唐的国母，他并没有机会觊觎。

现如今小周后与李煜同成为宋朝的阶下囚，而他贵为宋朝的天子，便是连心中最后一点忌惮也没有了。小周后被封为了郑国夫人，随列入宫觐见。宋太宗赵光义便趁机把她留在了后宫之中，并强迫她侍寝，这一住就是许多天才肯放她回去。

并且常以皇后赏花、探讨女红等由头，召她进宫。

小周后与李煜感情深厚，又一同经历了这么多的磨难，早已成为彼此的心灵依靠。所以小周后又哪堪赵光义的这番凌辱，每次都会强烈地反抗。可宋太宗赵光义却极其卑鄙无耻，枉为一国之君，根本不顾忌身为人君的颜面，竟然命令宫女们强行按住小周后，任由其对她进行奸污。

不但如此，赵光义强幸小周后的时候，还命画师在一旁观摩，画下了《宋太宗强幸小周后》图以此来羞辱小周后。此事真假众说纷纭，野史亦不可全信。

还有一幅《宋太宗强幸小周后》图留有元人冯海粟的题词：

江南剩得李花开，也被君王强折来。
怪底金风冲地起，御园红紫满龙堆。

小周后曾贵为南唐的一国之母，如今又跟随李煜在宋朝俯首称臣，赵光义竟丝毫不顾及君臣之礼，强行霸占臣妻也实属罕见。

小周后曾为南唐一代娇女，陡然间，与夫君一起沦为阶下囚，抛弃荣华富贵，陪着李煜远赴北宋，还要时刻安慰借酒消愁、身心俱疲的李煜，原本就苦不堪言，如今又遭受如此大的摧残，就像一朵娇嫩的花儿一般，很快便枯萎了。

小周后与李煜患难夫妻多年，每每小周后在李煜面前痛哭不止的时候，李煜也只能唉声叹气，陪着小周后心酸地垂泪。

小周后为了保全李煜，也只得忍气吞声，默默吞下这样的苦果。国破家亡、寄人篱下也就罢了，在朝中被宋朝君臣冷嘲热讽也就罢了，如今更是连自己心爱的妻子都保护不了，眼睁睁瞧着她忍受无端的摧残与侮辱。

但南唐君臣及众人的命运都在赵光义的一念之间，李煜也得战战兢兢、谨言慎行才能苟且地活下来。如今便是有满腹的怨恨，他亦是无能为力，便是连一点怨恨之色都不敢表现出来。除了强忍心中的剧痛，加以回避以外，就只能默默地垂泪。

每当小周后奉召入宫的时候，李煜就会越发地失魂落魄，他彻夜难眠，久久伫立在庭院的栏杆前，望眼欲穿地盼望小周后归来。

这时，小周后巧笑嫣兮、美目盼兮、手提金缕鞋与他庙堂相会的娇俏模样，就会出现在他眼前。那娇嫩如花一般的女子啊，就算是被他捧在手心之中呵护着，还觉得不够。

世人都说独自莫凭栏，可又有谁能明了那凭栏之人心中的期盼与苦楚？

恍惚间，他仿佛又听到小周后身上佩戴的环佩叮咚响，他急急起身，凭栏四顾，却只瞧见满地的落红，以及幽深的庭院，哪里有小周后纤细、哀伤的倩影。

在被囚禁的这段日子里，李煜看过皓日当空，看过新月暗淡无光，经历过寒来暑往，期盼过鸿雁归来，但他始终忘不掉江南故土。于是他夜夜对烛枯坐，垂泪到天明。

只是故国的无限江山，与小周后一样，都是别时容易见时难。多愁善感的后主，面对此情此景，又怎能不感怀伤身，备感凄凉。

这些痛苦仿佛在他心中生了根一般，一点点吞噬着他心中最后的理智，忽有一日，这些悲愤便再也按捺不住。

原本懦弱、卑微的李煜，忽然就生了反骨，他不再像往常一般，压抑着内心的渴望，便是表达思乡之情时，亦是婉转隐晦，在宋太宗的高压和严密控制之下，李煜义无反顾地把内心的痛苦呐喊了出来。

所以他通过诗文把心中的痛楚哀戚、悲愤绝望，以及对故土的思念之情，都表达得淋漓尽致，不再遮遮掩掩。

此时，李煜心中的哀愁，再也不是年少时期的“少年不知愁滋味，为赋新词强说愁”了，在他遍尝了人世间的悲苦之后，浑浑噩噩的人生，仿佛突然变得通透了起来。

分分合合世间爱，缘起缘灭一场空。李煜万念俱灰渐憔悴，也只有在醉梦之中才能重回故里，重温那场四十年的旧梦了。

在梦中，李煜依然是那个挥毫泼墨的白衣少年，他意气风发坐拥天下，与群臣对弈，拥天下美人入怀，在教坊之中与大周后、小周后一醉到天明，便是与宫中的白头宫女都有说不完的话。

那个时候尚没有战争，亦没有宋军围城，有的只是国泰民安，他尽可以安心入眠，坐等花开，尽数梧桐落叶，那一场梦啊，一醉千年。

只可惜等李煜醒来之际，便复又发现，自己仍然被困在汴京这座四方的小院之中，小周后依然没有归来，庭院幽深，轱辘金井空空，又该到何处去觅佳人的芳踪啊？

他不知！

帘外雨潺潺，春意阑珊。罗衾不耐五更寒。梦里不知身是客，一晌贪欢。

独自莫凭栏，无限江山，别时容易见时难。流水落花春去也，天上人间。

厚重的珠帘之外雨声潺潺，晨雨晚风来袭，帘外落红一片。李煜被帘外的雨声惊醒了，便是身上盖着厚厚的罗织的锦被，也无法阻挡五更时分的寒冷。睡眼蒙眬中依稀又回到了南唐故国，恍然忘记了自己只是羁旅之客，贪心地享受这片刻的欢愉之情。

本不该独自一人登上高楼凭栏远眺，又勾起心中对故国的无限思念之情，离开故土容易，再见故土却是难上加难了。落花有意，流水无情，春天悄悄从指缝中溜走。

回首他的一生，一个是天上，一个是人间啊！

“帘外雨潺潺，春意阑珊。罗衾不耐五更寒。”囚于他国，艰难度日，再加之赵光义对小周后的摧残，对于李煜来说更是雪上加霜。偏又逢暮春时节，他感觉自己的人生与落花重叠，都是无枝可依，无处可藏，在凄风苦雨之中独自飘零，让他顾影自怜备感凄苦。

“梦里不知身是客，一晌贪欢。”在醉梦之中，李煜恍然忘记了自己已是宋朝的俘虏，一切仿佛又回到了故国，贪恋那片刻的欢愉之情。

“流水落花春去也，天上人间。”世间所有美好的事物都会匆匆凋零，美丽的春天如是，美好的人生亦如是，月有阴晴圆缺，人亦有悲欢离合。时光匆匆而逝，春去了还复来，人生却是一去不复还。

对于李煜来说，彼时的意气风发与江山如画，与如今的流水落花、一晌贪欢形成鲜明的对比，又怎能不让他心中备感凄凉。

宋太宗赵光义见李煜的词中尽显“故国梦重温”“多少恨”“别时容易见时难”“落花流水春去也，天上人间”之类思念故国的诗句，心中自是气愤不已。

他认为李煜本是亡国之君，但宋朝已经给了他足够的恩惠，又是建造礼贤宅，又是加官晋爵，让他安享俸禄，便是每月所供的酒水都比别的大臣多一些。李煜不但不知道感恩，反而整日写一些思念故土的句子，来表达对宋朝的不满和愤恨。

赵光义本就对李煜起了杀心，如此一来更是埋下了一颗仇恨的种子，在春雨的滋润之下，生根发芽。

落花流水，春尽雨歇，从此天上人间，这句不但是诗词的结束，也仿若他生命的休止符。

第六节 剪不断，理还乱，是离愁

一代词宗李清照在《行香子·草际鸣蛩》中这样写道：“草际鸣蛩。惊落梧桐。正人间、天上愁浓。云阶月地，关锁千重。纵浮槎来，浮槎去，不相逢。星桥鹊驾，经年才见，想离情、别恨难穷。牵牛织女，莫是离中。甚霎儿晴，霎儿雨，霎儿风。”

草丛中的蟋蟀不停鸣叫着，惊落了枝头的梧桐叶，天上人间正是秋愁的季节。云阶月地，牛郎和织女被千重的关锁阻隔着，无缘相会，只有一年一次短暂的团聚，便又要别离。其余时间则如星河之中的浮槎一般，荡来荡去的终不得聚首。

七夕这一天喜鹊搭桥，牛郎和织女一年才能见上一次，又要匆匆地离别，看着天气一会儿风一会儿雨的，怕是牛郎织女又到了分别的时刻吧！

古人云：“男中李后主，女中李易安。”二李并称，极受推崇。李煜与李清照，一位是亡国之君，一位是流离失所的旷代才女，二人同为婉约派词史上的名流大家，他们二人身上亦有着许多的共同之处。

同样的半生繁华半世飘零，同样的国破家亡流落异乡，同样的离愁别恨触景伤情……

但他们的不同之处在于，李煜虽然为亡国之君，却还有小周后这样的红颜知己陪伴在身侧，极尽温柔地抚慰着他。而李清照一个弱女子独自肩负了国破、家亡，深爱的丈夫离世，收藏了半生的金石字画消失殆尽，为了生存又所托非人等种种磨难。

在这样的情形之下，日渐年迈的李清照在面对金兵入侵之时，还能慷慨激昂地写下“生当为人杰，死亦为鬼雄”的诗句。

而彼时李煜在面对宋军进攻之时的一连串反应，却叫人唏嘘不已。

又是一年七月七，这是李煜在献城投宋以后，在汴京度过的第三个生日。像是有所预感一般，在这一天到来的时候，小周后携着一同入宋的嫔妃、宫娥们都不约而同地凑到一起给李煜祝寿，也顺便为自己“乞巧”！

并且各按所长，吹笙抚琴，歌舞助兴。大家轮流举杯向后主祝酒，后主强颜欢笑，一一接受。可他心里，实则犹如万箭穿心。昔日自己在金陵时，每年生日这天，是如何喜气洋洋，富贵温柔啊。现在宫娥们不忘旧情，赶来为自己祝寿，可她们心里，一定也是十分凄凉的吧！

礼贤宅之中已经许久没有这么热闹过了，众位嫔妃们各自发挥所长，为李煜歌舞助兴，大家轮番举杯向李煜敬酒，以此来表达对他的敬意。

李煜一一接受，强颜欢笑，但心中却是悲苦不已。遥想以往每年生日的时候，举国同庆，奢华富贵，宴请的宫宴摆了一桌又一桌，歌舞一直到天明还未曾停歇。可再看如今呢？简单的酒席，面色凄楚的嫔妃，虽然她们纷纷赶来为自己祝寿，但想来亦是会触景伤情，心中悲苦吧！

李煜触景生情，一时兴起，泼墨挥笔，现场赋诗一首，并且交给宫娥们演唱，李煜击节唱和，悲情于胸。唱着唱着，众人的眼眸中都蒙上了悲伤的雾气，今夕何夕，今昔何惜？竟已是如此断肠。

初读这首《浪淘沙·往事只堪哀》的时候，竟然有了几分惊艳的感觉，因为在李煜婉约缠绵的诗词之中，首次出现了“剑”这样颇有壮气的词，只可惜李煜心中的这番壮举来得迟了些，已被深深掩埋在蒿莱之中，再无重见天日的可能。

南唐曾有金剑，但林仁肇已死，李煜又错杀了潘佑、李平，等于自断了手臂，空有一把金剑，也是只能深埋于蒿莱之中，再无良将可以把它举起了。

宋太宗赵光义对于李煜生出的反骨怀恨在心，一直在找机会置李煜于死地。于是赵光义便召见了南唐旧臣徐铉，准许他去探望李煜，以示皇家的恩德。

徐铉本就难忘旧主，见有此机会自然是满心欢喜，可真等见面了，旧日君臣同在宋朝的屋檐之下，如履薄冰地活着又能说什么呢？

李煜虽经历了如此的大起大落，但心中的悲苦无法排解，又见到南唐旧臣，一时情难自禁，便哀叹地说道："悔不该当初错把潘佑、李平杀了。"徐铉听到此话吓得瞠目结舌，不敢答话，便匆匆与李煜告别。

等徐铉见到赵光义之时，自是不敢隐瞒，只能把李煜所说之言如实汇报给了赵光义，这让赵光义越发下定了要杀李煜的决心。

而李煜依然沉浸在对故国不堪回首的苦痛之中，并不知晓这些潜在的危机。

他们离开故国的时候，正值深秋，与今日的季节相仿，不觉间，李煜感觉仿佛又回到了金陵城中，那里秋高气爽，宫殿巍峨，雕栏玉砌应犹在，只是朱颜改。

如今的金陵亦是如往日那般的喧闹吧？只是金陵还是金陵，而他却不再是往日的君主李煜了。如今他已沦为了阶下囚，再也无人陪他诗词唱和，把酒言欢。他一个人独上西楼，远望江南，此时弯月如钩，梧桐寂寞，庭院深锁，而往事只堪哀，对景难排。

岁月匆匆而逝，又是一年秋来到，往事却不堪回首，种种复杂的愁绪堆积在心头，最终化为了这首缠绵悱恻的《浪淘沙·往事只堪哀》。

往事只堪哀，对景难排。秋风庭院藓侵阶。一任珠帘闲不卷，终日谁来。

金剑已沉埋，壮气蒿莱。晚凉天净月华开。想得玉楼瑶殿影，空照秦淮。

李煜明白若是一味沉浸在对往事的回忆之中的话，只能徒增哀叹，他什么也做不了。甚至他也曾试过努力说服自己，让自己能学会面对现实，静下心来在赵光义的高压之下，逐渐习惯这样的生活。

但作为文人的倔强风骨却一再让他想起那些繁华的过往，让他一度沉迷，无法自拔。所以无论他面对多么美好的景色，都无法排遣内心的苦闷与哀愁。

秋风瑟瑟，庭院幽深，因为久未有人到访，苔藓便开始肆无忌惮地在台阶上蔓延着。

刘禹锡在《陋室铭》里这样写道："苔痕上阶绿，草色入帘青。谈笑有鸿儒，往来无白丁。"台阶上的青苔碧绿，青葱的草色映入眼帘之中，到陋室里面来谈笑之人都是博学之人，交往的没有一个知识浅薄之人。

刘禹锡在写下此文的时候，已经在被贬生活的后期了，此时的他淡然通透，心情舒畅，追求着淡然舒适的生活，产生了消闲避世的想法。另外，当时社会处于比较黑暗的时期，文人官吏若是想要出人头地，只有两条路可以选，要么同腐朽的黑暗势力同流合污，要么就是孟子所说的"穷则独善其身"，保持本性和浩然正气。

很显然，刘禹锡之所以门前冷落，是因为不屑与那些达官贵人为伍，独善其身罢了，所以才导致"苔痕上阶绿，草色入帘青"。

但李煜此时的“秋风庭院藓侵阶”却是因为被宋朝幽禁的缘故，因此曾经的南唐旧部、兄弟亲疏没有一个人敢来探望李煜，再加上门外亦有兵丁把守，李煜亦是无法自由出入。

赵令畤这样写道：“欲减罗衣寒未去，不卷珠帘，人在深深处。”想要脱去厚重的罗衣，奈何天气乍暖还寒，厚重的珠帘慵懒地低垂着，因为闷在深闺阁楼之中，无人到访，所以实在无心卷起珠帘，就这样一直枯坐在家中。

这首诗本是描写深闺思妇感慨岁月流逝、生世堪怜之作。诗人因为与苏轼交好，在苏轼被贬之后也受到了牵连，以此诗寄情。

此时的李煜亦是任由门前的珠帘低垂着，懒得将其卷起，反正也无人到访。

金剑已被深埋于江底，满腹的豪情壮志早已湮没于蒿莱之中。傍晚的天气开始转凉，秋月却越发的澄明。回想起昔日辉煌的亭台楼阁，如今早已是人去楼空了，只剩下空荡荡的楼影，倒映在奔腾不息的秦淮河水之中，滚滚东去。

遥想当年，他还是南唐的君主时，百官簇拥，所到之处无不尽显君王的威严。那些曾经有过的风花雪月，与所有的繁华富贵，在一夕之间都随着南唐的沦陷而彻底烟消云散了。

此时的李煜孤独地在幽深的庭院之中徘徊着，往事一幕幕浮现在眼前，越发衬托得他形单影只，凄凉无比。秋月澄明，洒下一片银辉，让他不禁想起往日在金陵城中，带着酒醉微憨的宫娥，在月色之中踏马而行的岁月。

可今日呢？“雕栏玉砌应犹在”，可南唐已灭，高高在上的君王成了阶下囚，秋月还是那轮秋月，玉楼瑶殿还是旧日模样，只可惜只能“空照秦淮”，徒增惆怅罢了！

第七节　一江春水向东流

岁月匆匆催人老，人生过客恍如梦。

此时的李煜人到中年，却因为遍尝了人间苦楚，而变得沈腰潘鬓了。

寄人篱下，让他饱尝了世间冷暖，昔日那些兄弟、亲人、文武百官都已臣服在宋朝君王的脚下，怕是早已把他这个昔日的南唐旧主忘到脑后去了吧！

自此之后，春花含恨，秋月含悲，李煜的笔下再也看不到昔日那样潋滟的词句，取而代之的是一种饱经沧桑之后的亡国之痛与满身的屈辱、哀凉。

在七月七这天，他命随行的歌姬演唱昔日的旧曲，往昔一幅幅画面复又呈现在他眼前，他想伸手握住那些瑰丽的色彩，却发现一切不过是一场浮华，梦碎了之后仍是一场空。

那凄婉哀伤的曲调，比他仓皇辞庙之时的离歌还要凄凉、忧伤，他一面流着热泪，一面狂饮着美酒，在醉眼蒙眬之际，他在窗纸上写下这样一行大字：“万古到头归一死，醉乡葬地有高原。”

或许此时，他已嗅到了死亡的味道。但死亡对于他来说何尝不是一种解脱？

李煜的耳边依稀又响起临安城中那位老朽说过的话，她说君主对于百姓来说，就像是天上的太阳，他只要存在便能给这世间带来光明。

为了做那个太阳，李煜浑浑噩噩地活着。

可是南唐的百姓就如静静流淌的秦淮河水一般，最是善忘，也不过短短几年，他们已经在宋朝的统治之下，休养生息，耕耘播种，安静地开始新的生活了。

就仿佛南唐或者李煜从来不曾存在过一般，他们甚至忘了那一年，他们与李煜在金陵同仇敌忾苦苦坚守了一年，来抵抗宋军的侵袭。

这些往事李煜都还记得，可是大家却选择了遗忘。或者从国破家亡的那一刻开始，李煜就已经忘记了活着的意义。他不止一次想就这样结束自己悲惨的生命，可优柔寡断的性格，让他一次又一次地徘徊，就这样浑浑噩噩度过了一年又一年。

据闻，自打赵光义登上帝位以后，他的弟弟、子侄等几人都相继神秘离世，这些都是赵光义一手所为，他要坐稳江山，便铲除了任何可能威胁到他帝位之人，甚至不惜兄弟相残。

这样一个残暴之人，又怎么会对一个亡国之君心慈手软呢？

再反观李煜登上帝位之时，对他的兄弟、子侄都非常宽厚，便是曾对皇位起了觊觎之心的李从善他都能呵护有加，因为他出使宋朝无法归国，而写下了一首又一首感伤的诗词。

李煜的仁厚与赵光义的凶残形成了强烈的对比，李煜的存在，就像是扎进赵光义心中的一根刺，只有除之而后快。

北宋太平兴国三年（978）七月初七，又到了一年一度的乞巧节，这一天亦是李煜的生辰。

这一天，礼贤宅内张灯结彩，四处都是嫔妃、宫娥们的欢声笑语。

面对这表面的一片祥和之色，李煜心中的苦痛越发被放大，他纵情饮酒，想用酒精来麻痹自己苦痛的内心。

却不想酒入愁肠愁更愁，恍惚间，李煜仿佛又看到了南唐故国，雕栏玉砌应犹在，只是故国不堪回首月明中。他感慨万分，命人备下笔墨，挥毫写下了这首《虞美人》：

春花秋月何时了？往事知多少。小楼昨夜又东风，故国不堪回首月明中。

雕栏玉砌应犹在，只是朱颜改。问君能有几多愁？恰似一江春水向东流。

这首词把一个亡国之君心中的苦痛、悲愁淋漓尽致地表现了出来，毫无隐藏。他的这种哀痛，就像是西子捧心般呈现出一种让人无法拒绝的病态之美。

读罢这首词，明明觉得痛入骨髓，却又觉得这种苦痛，凄美至极。

李煜写完这首词以后，便随手交给宫娥们去演唱，他用一生的浓缩，写就了这样一首巅峰的传世之作，但这首词，同时也成了他生命的休止符。

当这首词传到赵光义手中的时候，他看到“故国不堪回首月明中”“恰似一江春水向东流”“雕栏玉砌应犹在”等的词句，顿时发了雷霆之怒，他知道自己一直等待的那个时机到了。

赵光义急令召见了赵廷美，并把一壶毒酒赐给他，让他转交给李煜，并且冠冕堂皇地说，是赐给李煜祝寿的。

这赵廷美本是当初宋朝攻打南唐之时，曾奉旨前去犒赏三军的，因此与李煜结识。赵廷美平日里也喜欢舞文弄墨，李煜到达汴京之后，偶与赵廷美吟诗作对，相见甚欢，一来二去便成了朋友。

赵廷美丝毫不知道此中内情，得知可以去给李煜祝寿，自是欢天喜地地前往，并把毒酒带给了李煜。李煜更不知宋太宗的狠毒心肠，复又与赵廷美开怀畅饮，吟诗作赋，难得开怀。

可是毒酒入腹以后，李煜即刻感觉全身痉挛，腹内剧痛，头脚弯曲在一起倒地而亡。

想李煜一生芳华之色，便是被俘之后日渐老迈，也丝毫不掩他那一身清风明月般的气质，可是他死的时候，却满脸乌黑，身体弯曲，死状非常可怖。

原来，宋太宗给李煜赐下的毒酒里面掺杂着牵机叶，这是宋太宗命人研制的一种烈性毒药，饮用者经过激烈的抽搐之后，身体弯曲，头足相连，形态如牵机，所以才命名为牵机药。

七月七日这一天，久未有人光临的礼贤宅终于热闹了起来，因为有好友到访，他命人卷起了低垂的珠帘，把好友迎进了室内，两人开怀畅饮，把酒言欢，只可惜酒宴尚未结束，他却痛苦地结束了悲惨的一生。

据说赵光义之所以会用牵机毒，是因为中毒之人死状凄惨、痛苦，尸体永远保持着谦卑的屈服姿态。他想要李煜这个亡国的君王永远臣服在他脚下，便是死了也无法摆脱他的控制。

因此，后主李煜，这位才华绝世的千古词帝，就这样痛苦地结束了自己半生浮华半生屈辱的人生，这一天，他刚好四十二岁。从此，七月七、乞巧节不但成为他的诞辰，亦成为他的忌日。

这一天他终是可以梦回故里，自由自在了。再也不必因为国破家亡而悔恨万千，再也不用寄人篱下受尽屈辱。或者死对于心思仁懦的后主李煜来说，才是最好的归宿。

虽然这一切都是宋太宗赵光义一手策划的，但他为了掩人耳目，依然假情假意地追封李煜为吴王，并赐予太师称号。并下令让南唐旧臣为后主李煜制作墓志铭，铭文不加限制，以示最后的哀悼之情。

后主李煜至死，也没有回到他朝思暮想的江南金陵，客死他乡，永远留在了宋朝，他死后被葬于北邙山之中。

虽然宋太宗赵光义做出一系列举动，欲盖弥彰，但他卑劣的丑恶行径，又如何瞒得过众人，堵得住悠悠众口？

李煜之死给小周后造成了巨大的打击，再加之宋太宗赵光义强幸她时带来的无尽屈辱，她终日以泪洗面，在安静地处理完后主的身后事之后，她也含恨追随李煜于九泉之下去了。

小周后是在公元978年十月去世的，与李煜之死仅隔三个月。按照小周后的遗愿，人们亦把她葬在了北邙山上。她终于完成了自己一生的夙愿，生能与李煜同寝，死亦能与李煜同穴，从此天上人间，再也没有人可以把他们分开。

对于小周后的含恨离，世众说纷纭，有人说她是抑郁而终，有人说她是殉情自杀。

想来小周后之所以含辱受屈地苟活着，并非贪恋宋朝的荣华富贵，也并非像李煜那般的优柔寡断，她之所以活着，无非是不忍抛下李煜孤苦伶仃罢了。

从她入宫见到李煜的第一眼，便注定了此生都是为他而活，无论是赤足与他庙堂幽会，还是义无反顾随他远赴汴京，再或者是被赵光义屡次侮辱，都没有改变她的初衷。她只愿与李煜“在天愿作比翼鸟，在地愿为连理枝”。总之，这位惊艳了李煜一生的美丽女子，终于如愿以偿地永远陪在了李煜身边。

这一年小周后二十九岁，与大周后离世的年岁一般，她们姐妹虽然岁数悬殊极大，生命却都永远定格在了这一年，这也许就是她们冥冥之中早已注定的宿命。

徐铉在李煜的墓志铭中这样写道：“赏人之善，常苦不及；掩人之过，惟恐其闻。”

王国维亦曾说过：“唐五代之词，有句而无篇。南宋名家之词，有篇而无句。有篇有句，惟李后主降来后之作及永叔、子瞻、少游、美成、稼轩数人而已。”（《人间词话删稿》）

宋太宗赵光义因为李煜“故国不堪回首月明中”而毒死了

他，但也是这首亡命之词坐实了他千古词宗之位。

“春花秋月何时了，往事知多少？”花开花落，明月当空，这些美好的事物看在李煜眼中只觉得凄凉，因为这世间太过美好的事物总会转瞬即逝，谁也留不住。还记得多少那些逝去的岁月呢？“四十年来家国，三千里地山河”都如春花秋月一般转瞬即逝了。

遥想当初，他纵情声色，不理朝政，该抗争的时候，他选择了求和，不该降的时候他投降了，他诛杀谏臣，任用奸臣，最终错过了抵抗的最佳时期。当宋军兵临城下之时，他只得仓皇辞庙，肉袒出城做了亡国之君。

此时此刻，他心中有多少的悔恨之意，花落了明年还复来，月缺了还复圆，可是时光却无法倒流，纵是心中悔恨万千，那些遥远的往事，还曾记得多少呢？

“小楼昨夜又东风，故国不堪回首月明中。”李煜孤独地伫立在礼贤宅之中的小楼内，春风再次吹绿了院中的花草，春花又将再次怒放。然而，这里终究不是江南故国，没有草长莺飞，没有拂堤杨柳醉春烟。便是那纸鸢的一端，也紧紧拽在宋太宗赵光义的手中，让他哪里也飞不走，只能伫立在小楼之上远眺江南。

李煜被囚于小楼之内，听着东风，仰望着明月，忍不住触景生情，再次忆起了故国种种，忍不住思绪万千,百转千回。这种种苦痛日复一日地折磨着他，让他一次次拷问自己的灵魂，为自己犯下的过失愧疚不已，夜不能寐。

但故国不堪回首，江南成为他永远也回不去的故乡。

“雕栏玉砌应犹在，只是朱颜改。”金陵城中华丽的宫殿静静地矗立着，只是那些丧国的宫女却朱颜已老，青春不再。

在这里李煜怀念的是故国的华丽宫殿，以及日渐老迈的宫女。但其实宫女的朱颜改，又何尝不是说南唐的改朝换代呢？

华丽的宫殿依旧在，但他却不再是这座宫殿的主人了，宫女们等到容颜苍老，也未等到昔日的君主归来，是不是一种难言的悲凉呢？

“问君能有几多愁？恰似一江春水向东流！”李煜心中的屈辱与不甘，又何止这些呢？他曾带领南唐的百官跪拜在汴京的明德楼下，以九个响头换取了屈辱的“违命侯”的封号。他曾陪着宋朝的君主欣赏自己视作珍宝的收藏典籍，就连他爱入骨髓的娇妻小周后，都被赵光义封了郑国夫人，如此那般地羞辱，他都敢怒不敢言，只能远远地躲避。

身为男子不能保家卫国，尚有何颜苟活于世？或许正是如此，他才彻底顿悟了，如此苟延残喘地活着，倒不如“生当为人杰，死亦为鬼雄”。所以他才一扫往日的唯唯诺诺，在后期的诗词之中，不再隐晦地抒发心中的感怀，反而痛快淋漓地抒写表达。

或许，人生本就是由无穷尽的烦恼组成的吧？就像一江春水一般奔腾不止。

佛家讲究三世因果，六道轮回，一切仿佛都是冥冥之中注定的一般。此时的南唐后主，在宋朝痛苦地结束了自己短暂的一生。

若干年后，北宋都城亦是被金人的铁蹄所踏破，宋徽宗和他的儿子都成了金军的俘虏，在被押往金国的途中，见到杏花开放，触景生情写下了“怎不思量，除梦里、有时曾去。无据。和梦也、新来不做”的诗句。

词间尽显亡国之痛，故土难归，只能把一切都寄托于梦中，可是近来便是连旧梦都没有了。今非昔比，触景伤情，与李煜的“恰似一江春水向东流”的哀愁何其相似，历史总是有着惊人的相似之处。

今日意气风发对李煜百般折辱的赵氏兄弟，绝不会想到，若干年后，在他们的子孙后代之中，亦会出了一位琴棋书画样样精通的宋徽宗。

就像《宋史》之中记载的一样：“宋徽宗诸事皆能，独不能为君耳！”

宋徽宗与李煜一样风流儒雅，才华横溢，亦如李煜一般昏庸仁懦，把宋朝大好的江山葬送在他的手中。

薄命的君王也好，绝代词帝也罢，对于此时的李煜来说，都已经不再重要了。若是真的有来世，只希望他不再“天教心愿与身违”，不再生于帝王家，能“花满渚，酒满瓯，万顷波中得自由”。

“做个才子真绝代，可怜薄命做帝王。”寥寥几句便写尽了李煜的一生，李煜虽然误了江山，可他自己也被江山所误，若非如此，他又何尝不想做个快乐似神仙的渔父呢？

李煜作为千古词帝，在历史的长河之中，留下了浓墨重彩的一笔。就算历史的黄沙可以掩埋雕栏玉砌，东风可以吹落百花，皓月不再照耀故国。但那些与他有关的故事，终将遗落在岁月的褶皱之中，任凭时光斗转星移，也散发着耀眼的华光，让后世之人为之痴迷不已。